हिन्द पॉकेट बुक्स

शहीद

मुल्कराज आनंद का जन्म 12 दिसम्बर 1905 को पेशावर में हुआ था, जो अब पाकिस्तान में है। भारत में ये महाराष्ट्र में रहे। वे भारत में अंग्रेज़ी साहित्य के क्षेत्र के प्रख्यात लेखक थे। साहित्य जगत में उनका नाम हुआ उनके उपन्यास *अनटचेबल्स* से, जिसमें उन्होंने भारत में अछूत समस्या का बेबाक चित्रण किया। भारत में रचा गया उनका प्रमुख उपन्यास था *द प्राइवेट लाइफ़ ऑफ़ ऐन इंडियन प्रिंस*। मुल्कराज आनंद को साहित्य एवं शिक्षा के क्षेत्र में भारत सरकार द्वारा सन् 1967 में पद्म भूषण से सम्मानित किया गया था। 99 वर्ष की आयु में सन् 2004 में उनका निधन हुआ।

शहीद

मुल्कराज आनन्द

हिन्द पॉकेट बुक्स
एक पेंगुइन रैंडम हाउस कंपनी

हिन्द पॉकेट बुक्स

यूएसए। कनाडा। यूके। आयरलैंड। ऑस्ट्रेलिया
न्यू ज़ीलैंड। भारत। दक्षिण अफ्रीका। चीन

हिन्द पॉकेट बुक्स, पेंगुइन रैंडम हाउस ग्रुप ऑफ़ कम्पनीज़ का हिस्सा है,
जिसका पता www.hindpocketbooks.com पर मिलेगा

हिन्द पॉकेट बुक्स
पेंगुइन रैंडम हाउस इंडिया प्रा. लि.,
सातवीं मंजिल, इनफिनिटी टावर सी, डी एल एफ साइबर सिटी,
गुड़गांव 122002, हरियाणा, भारत

हिन्द
पॉकेट
बुक्स

प्रथम हिन्दी संस्करण हिन्द पॉकेट बुक्स द्वारा 1969 में प्रकाशित
यह हिन्दी संस्करण 2020 में प्रकाशित

10 9 8 7 6 5 4 3 2 1

इस पुस्तक में व्यक्त विचार लेखक के अपने हैं, जिनका यथासंभव तथ्यात्मक
सत्यापन किया गया है, और इस संबंध में प्रकाशक एवं सहयोगी
प्रकाशक किसी भी रूप में उत्तरदायी नहीं हैं।

ISBN 9789353496357

मुद्रक : रेप्लिका प्रेस प्रा. लि., इंडिया

www.hindpocketbooks.com

FSC
www.fsc.org
MIX
Paper from responsible sources
FSC® C016779

शहीद

चिनार के पेड़ सर्र से गुज़र गए, और-और आते चले गए। रास्ते के दोनों ओर उनकी कतारें खत्म ही नहीं हो रही थीं।

पर जब सोचा तब समझ में आया कि असल में चिनार के पेड़ नहीं बल्कि वह खुद अपनी मोटरसाइकल पर उनके पास से सर्र-सर्र गुज़र रहा है।

अब जबकि वह सूरज के ढलते हुए प्रकाश में श्रीनगर से बारामूला लौट रहा था, पेड़ों के पत्तों पर हरियाली इतनी गहरी नहीं थी जितनी कि दो दिन पहले थी, जब वह बारामूला से भागकर श्रीनगर गया था। 'शायद' वह अनबोली बातचीत की भाषा में अपने-आप बड़बड़ाया, 'शायद यह मेरा खयाल हो कि पत्ते इस से अधिक गहरे थे क्योंकि हमारे देश में पतझड़ उदास मौसम है...।

'कारण यह भी हो सकता है कि सूरज डूब रहा है...

'हमलावरों ने जिन्हें मौत के घाट उतार दिया उनकी मौत भी कारण हो सकती है और अपनी मौत का भय भी हो सकता है...'

तब उसे अपने अवसाद का बोध हुआ जो कवि के विलाप से उत्पन्न हुआ था, जो उसके होंठों पर जम गया था और बह नहीं पा रहा था। विलाप उसकी सम्भावित मृत्यु के सम्बन्ध में था।

जैसे-जैसे पहियों के निशानवाली तारकोल की सीधी सड़क उसकी मोटरसाइकल के नीचे सरकती जा रही थी, उसके कानों में एक

भयंकर गूंज उठ रही थी। वह मन ही मन बाइबल के बोल दोहरा रहा था, जो उसने कॉन्वेंट स्कूल में अपने बचपन में पढ़े थे— 'हाऊ स्वीट फ़ार अवर सोल्स टु वी बोर्न टु द स्काईज, अवर जर्नी डन, अवर जर्नी डन...'

लेकिन यह कथन अगर कहीं खुद उसपर लागू है—इस विचार से उसका मन इसकी शक्ति के भय से भर गया। उसने ध्यान अपने-आपसे परे हटा लिया।

तिपहरी में सर्दी का यह आसमान, पहाड़ों पर छाए बर्फीले बादलों को रंगता हुआ सूरज और घाटी की खोहों और दलदलों को ढंकता हुआ सर्द कोहासा—सब मिलकर मानो छाया को निकट बुला रहे थे! मोर्चा दस-बारह मील ही दूर था, फिर भी ऐसा सन्नाटा था जैसे घाटी में सोया हुआ गांव हो।

"लाहौल विल्लाह!" अपने-आपको शान्त और सचेत करने के लिए वह बुदबुदाया।

उसे याद आया कि पिछले तीन दिनों में उसका मन अनेक भावनाओं से ओतप्रोत रहा है।

अपने छोटे-से घर पर पाकिस्तानी हमलावरों का कब्ज़ा होने पर उसका वहां से भाग खड़ा होना और मन में दुर्बलता का भाव, और यह भय उत्पन्न होना कि शायद वह श्रीनगर न पहुंच सके; अमीराकदल के इस अटपटे कमरे में दूसरों के साथ होने की खुशी; यह आघात कि जिन्होंने अचानक हमला किया है और गांव में आते ही लूट-मार मचा दी है, वे उसके तथाकथित 'मुस्लिम भाई' हैं। शहर में फैली गड़बड़ी के कारण घोर निराशा; फिर बारामूला लौटकर लोगों को एकत्र करने के लिए अपने-आपके चुने जाने पर आह्लाद और भय की मिली-जुली भावना और अगर कबायली पहले ही वहां पहुंच चुके हों तो उसपर क्या बीतेगी, इस बारे में कतई अनिश्चितता!

और अब मोटरसाइकल पर घर लौटना तो और भी तकलीफ-देह बात थी, क्योंकि इस मानसिक उत्तेजना की इस स्थिति में वह कुछ सोच नहीं पा रहा था, वह नहीं जानता था कि उसकी मंज़िल कहां है, अगर सड़क बन्द हुई तो वह क्या करेगा !

मोटरसाइकल की भर्र-भर्र ने उसकी उलझन दूर कर दी। इस आवाज़ से पेड़ों पर बैठी चिड़ियां सड़क-किनारे के खेतों के चिनारों में उड़ जाती थीं। सूखे, बिना जुते खेत, जिनमें पिछली फसल के डंठल बच रहे थे; छोटे-छोटे पोखरों पर झुके हुए उदास सेवार; दाई ओर गुलमर्ग से ऊपर पहाड़ों की ढलवानों पर उगे हुए देवदार के जंगल, जिन्हें काले मंगलमय बादलों ने ढंक रखा था और दूर से भूरी इस्पात-सी दीख पड़नेवाली पहाड़ों की चोटियां—सांझ के ये दृश्य और ये ध्वनियां उसके मन और मस्तिष्क पर छाई हुई थीं

उसके दोनों ओर कहीं कोई नहीं था...

उसने झटके से सिर ऊपर उठाया।

उसने मन ही मन तय किया कि उसे चलते रहना है क्योंकि वह चलने का निश्चय कर चुका है। स्थिति बहुत ही अस्पष्ट है। पर उसे चलते ही रहना है। अब घबराने, डरने और उलझन में पड़ने का कोई काम नहीं। बारामूला जाने का मतलब शायद मौत के मुंह में जाना है। लेकिन वालंटियर-कोर के नेता ने उससे कहा था, 'मकबूल शेरवानी ! हस संकट में हैं, हमें इस संकट को टालने के लिए सब कुछ कर गुज़रना है। हमें अपने देशवासियों को बचाना है, हमें उनकी और एक-दूसरे की सहायता करनी है...हमें खाली हाथों ही कसाइयों का मुकाबला करना है...'

और जो कारण थे सो थे, निर्मम हत्या की विभीषिका ने उसे विचलित कर दिया था। हमलावरों का बारामूला पर कब्ज़ा उसे यह प्रेरणा देने के लिए काफी था कि उनका मुकाबला करने के लिए वह अपनी जान की

बाज़ी लगा दे।

इन शब्दों के दबाव और उसकी अपनी बेचैनी के बीच—उसकी खाल के नीचे, एड़ियों की नसों के ऊपर और उसके शरीर की शिराओं के भीतर कहीं न कहीं भय समाया था। उसे कुछ ऐसी कंपकंपी छूट रही थी मानो उसकी जकड़ी हुई मांसपेशियां ढीली पड़ रही हों और उसके निर्णय को स्वीकार कर रही हों। इस हमले के लिए न वह और न उसके देशवासी ज़िम्मेदार थे, फिर भी उन्हें दण्ड भुगतना पड़ रहा था। पर उसके भीतर का कवि कह रहा था कि हमेशा ऐसा ही होता आया है। खुदा है तो भी!

तीन ही दिनों में ऐसी स्थिति उत्पन्न हो गई कि हर कश्मीरी की परख हो जाएगी। जिन्हें खुदा पर यकीन था, वे यह मान बैठे थे कि उनके लिए यही कयामत का दिन है और उनकी किस्मत में यही कुछ लिखा है। लेकिन जो यह उम्मीद लगाए बैठे थे कि कश्मीर के लिए नई सुबह होनेवाली है, उन्हें तो लड़ने के सिवा चारा नहीं था। वे लड़ेंगे और अगर ज़िन्दा बच निकले तभी उनके सपने सार्थक होंगे, विचार और व्यवस्था में बुनियादी तब्दीली आएगी और वे महाराजाओं की गुलामी से मुक्त होकर नये ढंग की ज़िन्दगी गुज़ार सकेंगे।

इस विचित्र स्थिति में उसने अपने-आपसे कहा, 'उसका कर्तव्य आगे बढ़ना, एक नींद में चलनेवाले की तरह आगे बढ़ना और हालात पर हावी हो जाना है।'

कहीं अपना यह निरीह निश्चय बहुत ही वीरतापूर्ण न जान पड़े, इसलिए उसने दाई ओर सख्ती से झुके हुए अपने सिर को बाईं ओर घुमाया और वह बाईं ओर देखने लगा।

पट्टन के चावल के खेत अब नज़र आ रहे थे, हरियाली की कुछ पंक्तियां ढलते हुए सूरज की घूप में वहां पीली पड़ गई थीं। जहां अनाज कटने के लिए तैयार था।

और जल्द ही लकड़ी के घरोंवाला बड़ा-सा गांव उसके सामने था। वह जानता था कि मल के ढेरों और सड़ी हुई नालियों के कारण वह भी बारामूला के सदृश गंदा और वीरान है, लेकिन इस फासले से स्विट्ज़रलैण्ड के उस सुंदर गांव जैसा जान पड़ता था, जो स्कूलों में अध्यापिकाओं ने अपने एलबम की तस्वीरों में दिखाया था। बाहर की ओर चिनारों के झुंड डूबते हुए सूरज के प्रकाश में बैंगनी, सुनहरी और फीरोज़ी मालूम होते थे।

अब गंदले पोखर के किनारे कुछ आकृतियां दिखाई पड़ रही थीं, शायद औरतें थीं जो पानी लेने आई थीं।

और जल्द ही एक गड़रिया नज़र आया जो सड़क के बाईं ओर उगे सेवारों के पास लाठी ऊपर उठाए अपनी बकरियों को हांकता जा रहा था।

लेकिन सड़क के दोनों ओर की छितरी दुकानें, जो पट्टन से आध मील इधर ही शुरू हो जाती थी, बंद थीं, और कश्मीरियों के वे गिरोह भी दिखाई नहीं दे रहे थे, जो अपने चोगों में सिमट-सिमटाकर बैठे हुए हुक्का गुड़गुड़ाते थे।

इस वीरानी से तो यही सिद्ध होता था कि लोगों में हमले का आतंक फैला है और यह भी सम्भव था कि हमलावरों ने गांव पर कब्ज़ा जमा लिया हो।

रास्ते की एक दुकान के तख्तों के नीचे से एक ऊंघता हुआ कुत्ता निकला और मोटरसाइकल पर भौंकने लगा।

उसने इंजन धीमा कर दिया, जिसने पीछे भाप छोड़कर शोर किया और कुत्ता अधिक भयंकरता से भौंकता हुआ साथ-साथ चला। कुत्ते का यह भौंकना उसे नरक की चुनौती-सी जान पड़ी और उसकी टांगें कांप गईं।

उसने महमदू नानबाई की दुकान पर रुकने का निश्चय किया, जो पट्टन से लगभग सौ गज़ बाहर थी। महमदू ही उसे सही खबर दे सकता था।

लेकिन मोटरसाइकल की आवाज़ ही से आतंक फैल जाएगा, इसलिए वह इञ्जन बन्द करके उसे ठेलता हुआ ले चला।

कुत्ता लौटकर अपनी पनाहगाह में दुबक गया।

महमदू की दुकान बन्द थी और किवाड़ों में सांकल भीतर से लगी हुई थी। मकबूल ने किवाड़ों की दरारों में से झांककर देखा कि अन्दर मिट्टी का एक छोटा-सा चिराग जल रहा है।

"महमदू !" उसने हौले से आवाज़ दी।

कोई जवाब नहीं मिला। सिर्फ दीया टिमटिमाया।

"ओ महमदू। हातो ! ...मैं हूं मकबूल शेरवानी !"

दरारों में से भीतर झांकते रहने के कारण उसकी आंखें अंधेरे की आदी हो गईं। अब उसे मिट्टी के तंदूर का वह थड़ा नज़र आ रहा था जिसपर बैठकर महमदू गरम-गरम रोटियां सेंकता, विभिन्न पतीलों में मांस हिलाता या पीतल की केतली में नमकीन चाय उबालता था।

ज़ाहिर था कि महमदू खाना नहीं बना रहा।

मकबूल ने अनुमान लगाया कि चालाक नानबाई ने भागने ही में भलाई समझी, क्योंकि जहां भोजन बनता है, भूखे हमलावर पहले वहीं आते हैं। कम से कम आधे बारामूला में, जिसपर उसके भागते समय तक हमलावरों ने कब्ज़ा कर लिया था, ऐसा ही हुआ था।...क्या इससे यह समझा जाए कि पट्टन पर भी कब्ज़ा हो गया ? लेकिन अगर वे वाकई यहां तक पहुंच गए हैं तो पाकिस्तानी संतरी नज़र आते और इस बड़ी सड़क पर तो उनका होना ज़रूरी था...

"महमदू !" उसने फिर आवाज़ दी।

दुकान में से नहीं बल्कि उसके पीछे सड़क के उस पार से धीमी आवाज़ सुनाई पड़ी:

"इधर आ जाइए !"

मकबूल ने पलटकर देखा—महमदू का छोटा बेटा और सहायक गुला अपनी फटी कमीज़ और सलवार पहने उसकी मोटर-साइकल के पास खड़ा

था। "अब्बा पंडित जानकीनाथ कौल की बैठक में हैं।" गुला ने कहा, "आप वहीं आ जाइए। लेकिन उन्होंने कहा है कि आने से पहले मोटरसाइकल को कहीं छिपा दीजिए।...क्या मैं इसे दुकान के पिछवाड़े ले जाऊं?..."

"नहीं, यह भारी है, और तुम गिर पड़ोगे।" मकबूल ने कहा, "अगर तुम मुझे जगह दिखा दो तो मैं इसे वहां ले जाकर छिपा दूंगा।"

गुला इस प्रलोभन में था कि जब मकबूल उसके अब्बा के पास जाएगा तो वह पीछे मज़े से साइकल का हैंडल घुमा सकेगा, बड़े चाव से गली में आगे-आगे दौड़ा।

गली संकरी थी और साइकल को आंगन के दरवाज़े तक पहुंचाने में जो शक्ति लगानी पड़ी, उससे मकबूल को पसीना आ गया। सौभाग्य से पिछवाड़े के दरवाज़े के बाहर जगह खुली थी। उसने साइकल को छोटे-से आंगन में पहुंचाया, जिसमें घड़े, गन्दे बर्तन, ईंधन और नानबाई की दूसरी चीज़ें भरी पड़ी थीं।

"साइकल को छूना मत!" उसने प्यार से मुस्कराते हुए गुला से कहा, "मोटर को भाग जाने की आदत है।"

लड़का जो हैंडल घुमाने के लिए अधीर था, मकबूल को चुपचाप उधर ले चला जहां उसका अब्बा पंडित जानकीनाथ कौल की बैठक में बैठा था। महमदू ने उठकर स्वागत किया और मकबूल का दायां हाथ अपने दोनों भारी हाथों में थामकर दबाया।

"हातो, तुम्हें निठल्ले बैठे चर्बी चढ़ गई है!" मकबूल ने पड़ते ही कहा, "और तुम बड़े खुश नज़र आते हो। क्या दुकान में जो कुछ पकता है, तुम खुद ही खा लेते हो?"

"मकबूल!" महमदू ने व्यंग्य का उत्तर दिया, "मैं खुद इस मोटापे के मारे मजबूर हूं, जानते हो कि जब आदमी पका रहा हो तो तेल और घी आप ही उसकी खाल में रच जाते हैं।"

"खबर क्या है?"

"आप बैठ जाइए।"

"इतना शानदार गलीचा और गावतकिये ! पंडितजी कैसे एतबार कर लेते हैं कि तुम उन्हें चिकने नहीं कर दोगे !"

"जनाब, जब ज़िन्दगी और मौत का सवाल हो तो पंडित जानकीनाथ जैसे सूदखोर भी जायदाद का मोह भूल जाते हैं। आप पढ़े-लिखे आदमी हैं, लेकिन लोगों के बारे में कुछ ज़्यादा वाकफीयत नहीं रखते। आपके चले जाने के बाद जब बारामूला पर हमले की खबर आई तो वे तीन दिन हुए श्रीनगर भाग गए।..."

मकबूल ने महमदू के चेहरे में झांककर देखा। नानबाई उसे अव्यावहारिक व्यक्ति समझता था; और शायद ठीक ही समझता था। मकबूल खुदं महसूस करता था कि लोगों के बारे में उसकी जानकारी बहुत थोड़ी है, लेकिन क्या वह यह भी कहना चाहता था कि मकबूल भी जानकीनाथ की तरह डरपोक है।

"मकबूल साहब, आपके श्रीनगर जाने की वजह और थी, लेकिन ये लोग तो अपनी चमड़ी बचा रहे हैं।" महमदू ने मकबूल का अभिप्राय भांपकर कहा।

"महमदू, मौत के सामने कोई भी दूसरे से बेहतर नहीं है।...अगर सच ही सुनना चाहते हो तो मैं भी भागकर गया था। बहुत कुछ समझाने-बुझाने पर वापस आया हूं..."

ऐसी सच्ची बात सुनकर महमदू चुप ही रह सकता था। और कुछ देर बाद उसने भी अपना भय कह देने का साहस जुटाया :

"मैंने इस खयाल से दुकान बन्द कर दी है कि पाकिस्तानी किसी भी वक्त यहां पहुंच सकते हैं। और वे भूखे होंगे और मुझे नहीं बख्शेगे... उनमें से आधे दर्जन के करीब आ भी पहुंचे हैं और पट्टन के बारामूलावाले सिरे पर बारामूला के सरदार मुहम्मद जिलानी के यहां ठहरे हुए हैं। अब आप यह बताइए कि श्रीनगर से मदद कब पहुंचेगी।..."

मकबूल अपनी भूरी आंखों से पल-भर के लिए शून्य में झांकता रहा। हमलावरों के इतना नज़दीक पहुंच जाने की खबर से वह ज़रा भी नहीं घबराया था। वह यह सोच रहा था कि महमदू को स्थिति कैसे समझाए।

"लोग लड़ रहे हैं...अजीब बात है। मैंने सरकार को कभी यों काम करते नहीं देखा ; वे पालेडियम सिनेमा की ऊपर की मंज़िल के एक कमरे में काम कर रहे हैं। बूढ़े और जवान सब जमा हैं—अक्लमंद सोच रहे हैं...नौजवानों ने अपनी फौज बनाई है और हर तरह के हथियार इकट्ठे कर लिए हैं। जवाहरलाल ने कश्मीर पर हमला करनेवाले हमलावरों की मदद करने के लिए पाकिस्तान की मज़म्मत (निंदा) की है..."

"तो हम पाकिस्तान के खिलाफ हैं ?" महमदू ने पूछा।

"इसमें क्या शक है !" मकबूल ने किसी कद्र अधीरता से उत्तर दिया, "जिन्होंने हमला किया है, वे हमारे मुस्लिम भाई नहीं। अगर वे भाई होते तो हमसे बात करते, न कि कत्ल करना शुरू कर देते !"

"जनाब, मैं कम समझ का आदमी इस सिलसिले में क्या कह सकता हूं, लेकिन बाज़ार की अफवाह तो आपने सुनी होगी..."

"हां, सुनी है। हमने जिन्ना को समझाने की कोशिश की कि वह कश्मीर से दूर रहे। लेकिन बड़े-बड़े कसाइयों और उनके पीछे छिपे सफेद चमड़ीवालों ने हमले की तैयारी की। उन्होंने पाकिस्तानी अफसरों से कबायलियों को फौजी तबियत (ट्रेनिंग) दिलाई। उन्हें हथियार दिए और फौजी ट्रकों में यहां भेज दिया। उन्होंने रावलपिंडी में एक 'आज़ाद कश्मीर' सरकार बनाई है, जिसका सदर मुहम्मद इब्राहीम है। और वे कहते हैं कि हम पाकिस्तान के साथ हैं..."

महमदू फिर चुप हो गया। चाहे वह सारी बात समझ नहीं पा रहा था, पर मकबूल शेरवानी की राजनीतिक भाषा इतनी स्पष्ट थी कि उसमें संदेह की गुंजायश नहीं थी।

"तुम्हें मालूम है कि हमारे इन बरादराने-इस्तेमाल ने बारामूला में क्या किया है, अपने इस जिहाद के नाम पर?" मकबूल ने बात जारी रखी, "उन्होंने क्या हिन्दू और क्या मुसलमान, दोनों को लूटा है...और उन्होंने औरतों की अस्मतवरी की है...वे यही किस्सा पट्टन में दोहराएंगे !..."

"बारामूला पट्टन से चूंकि ज़्यादा अभीर है, इसलिए शायद लूट का माल बटोरने में उन्हें कुछ दिन लगें!" महमदू ने कुछ आत्मतुष्टि और कुछ विद्रूप से कहा।

"लेकिन हमें यहां हाथ पर हाथ धरे बैठे नहीं रहना।"

मकबूल ने कहा, "मुझे आगे जाना चाहिए..."

महमदू ने मकबूल को ध्यान से देखा। उसका चेहरा पीला था और ऊपर के होंठ पर जवानी की शानदार नर्म मूंछे थीं। चालाक नानबाई ने नौजवान की प्रतिभा को झट समझ लिया; लेकिन उससे यह बात भी छिपी न रही कि उसमें हठ है और सहज बुद्धि का अभाव है।

"जनाब, जलती आग में कूद जाना अक्लमंदी नहीं।" महमदू ने सलाह दी, "आदमी को शोले बुझने का इन्तज़ार करना चाहिए..."

"लेकिन आग को अगर बुझाया न जाए तो वह फैल भी तो सकती है।" मकबूल ने कहा, "पट्टन बारामूला से दूर नहीं है। और पट्टन के बाद श्रीनगर भी क्या दूर रह जाएगा? अगर बारामूला पर ही रोका न गया तो वे फैल जाएंगे..."

महमदू समझ नहीं पाया कि उन्हें बारामूला पर कैसे रोका जाएगा। यह तो है ही कि बेचारे देहाती भाग्य को मानते हैं, अल्लाह की दृष्टि में दरिद्र जनता जो पाप करती है, हर प्रकार का अत्याचार उसका अनिवार्य दंड है, और फिर नानबाई की धूर्तता भी नेता की सूक्ष्मता के विपरीत थी। दूसरी ओर पाकिस्तानियों ने कबायलियों को यहां भेजने की बदमाशी की थी, जो सारी मुर्गियां चट कर गए थे। उसने सुन रखा था कि कबायलियों के हाथों बारामूला में एक चूज़ा

भी नहीं बचा...

"जनाब..." महमदू कुछ कहना चाहता था पर कह नहीं पाया।

मकबूल उसके स्वर से और चेहरे की रंगत से बिना कहे ही सब कुछ समझ गया।

"महमदू, अब मैं जा रहा हूं।" उसने कहा, "मेरी साइकल तुम्हारे पास रहेगी..."

अन्तिम वाक्य सुनकर गुला का चेहरा खिल उठा; लेकिन महमदू उलझन में पड़ गया।

"पहले आप एक प्याला गर्म चाय तो पी लीजिए।" महमदू ने परम्परागत अतिथि-सत्कार की भावना से कहा, "गुला, जाकर झटपट चाय तैयार करो..."

अगर मकबूल के मन में यह विचार न आ जाता कि वह महमदू को विश्वास दिलाने में असफल रहा है तो वह चाय पीने से इन्कार कर देता। उसके बारामूला जाकर लोगों को एकत्रित करने से क्या लाभ, अगर वह इसी आदमी को विश्वास नहीं दिला सका। वह सिर झुकाकर सोचने लगा, जिससे महमदू के मन में सहानुभूति उत्पन्न हुई।

"गुला बेटा, दौड़कर जाओ !" उसने लड़के से कहा।

"केतली उबल रही है," गुला बोला, "और बाबू इशहाक चाय बना रहा है।"

महमदू का चेहरा सहसा उतर गया, और एक मोटे आदमी का चेहरा यों कभी नहीं उतरता।

"इशहाक वही टीचर तो नहीं जो मेरे साथ बारामूला स्कूल ने पढ़ाता था ?" मकबूल ने कुछ रुककर पूछा।

महमदू ने सिर हिलाकर हामी भरी और फिर गहरी खामोशी के बाद कहा, "भैंगी आंखवाले आदमी का कभी एतबार नहीं करना

चाहिए..."

उसकी यह बात अभी खत्म ही हुई थी कि इशहाक दरवाज़े पर दिखाई दिया। वह पतला-दुबला व्यक्ति था और आंखें भैंगी थीं; इसलिए उसमें देहातियों की स्वाभाविक सरलता का भी अभाव था।

"लड़का नहीं पड़ेगा," महमदू उठकर दरवाज़े की ओर बढ़ा ताकि उसे वहां से टाल दिया जाए, "गुला समझता है कि अब छुट्टी है..."

असत्कार या अनादर महमदू की आदत नहीं थी। इसके विपरीत उसकी दुकान के दरवाज़े हर वक्त खुले रहते थे। जिनकी गांठ में कुछ नहीं होता था वे बिना पैसा दिए ही खा जाते थे। इशहाक गुला को ट्यूशन पढ़ाता था और उसके बदले खाना खा लेता था।

इशहाक ने महमदू की रुक्षता को महसूस किया और समझ गया कि दाल में कुछ काला है। वह चौकन्ना हो गया। उसने कमरे में झांककर देखा और उसकी भैंगी आंख ने मकबूल को देखा। उसने दायां बाज़ू उठाकर महमदू को एक ओर हट जाने का संकेत किया और खुद चुपचाप आगे बढ़ा। उसने बड़े ज़ोर का सलाम किया और फिर पूछा, "कहिए मकबूल साहब, आपके लीडरों ने अब भी शिकस्त कबूल की या नहीं?"

मकबूल जानता था कि यह व्यक्ति पक्का पाकिस्तानी है। उसने उदासीनता की मुखमुद्रा बनाकर कहा, "आइए, इशहाक साहब, आइए..."

इशहाक उसके निकट आकर बैठ गया। महमदू भी उसके पीछे-पीछे लौट आया। उसका चेहरा मुरझा गया था और इन दोनों व्यक्तियों के आमने-सामने हो जाने का भय व्यक्त कर रहा था।

"हमारे पाकिस्तानी भाइयों ने बारामूला को मुकम्मिल तौर पर आज़ाद करा लिया है," इशहाक ने बत्तीसी निकालकर बात शुरू की,

“अब वे दो हिस्सों में श्रीनगर की ओर बढ़ रहे हैं। सुना है कि वे राजधानी पर एक तो हवाई अड्डे की तरफ से और दूसरे, गन्दरबल की तरफ से हमला कर रहे हैं। उन्होंने बिजलीघर पर कब्ज़ा कर लिया है। आज रात श्रीनगर में अंधेरा रहेगा और हमें उम्मीद है कि वे आज रात या कल सुबह पट्टन पहुंच जाएंगे।”

“बाबू इशहाक, आपको यह सब कैसे मालूम हुआ ?” महमदू ने पूछा, कुछ तो इसलिए कि उसे इशहाक की बात का विश्वास नहीं था, और कुछ उसे मकबूल शेरवानी पर दया आई क्योंकि यह सुनकर उसकी हिम्मत टूट गई होगी।

“हमारे भाई जो मज़हब के नाम पर जिहाद कर रहे हैं, मुझपर भरोसा करते हैं,” उसने कानाफूसी के अन्दाज़ में धीरे-धीरे कहा, “मैं गुला को पढ़ाने नहीं आया, बल्कि तुमसे यह कहने आया हूं कि उनके लिए खाना तैयार करो। सरदार मुहम्मद जिलानी का हुक्म है कि जब वे पट्टन में आएं तो उनका हर तरह इस्तकबाल किया जाए...” और मकबूल की ओर दृष्टि घुमाकर, पर बिना यह प्रकट किए कि वह उधर घूम गया है, आगे कहा :

“मकबूल साहब, हमारी इस्तकबालिया कमेटी में शामिल होना मंज़ूर फरमाइए। देख लीजिएगा, आखिर आपके लीडरों को भी इधर आना पड़ेगा।”

“कभी नहीं !” मकबूल ने उत्तर दिया, “सवाल उसूल का है। क्या कश्मीर पहले है या मज़हब ?”

“मज़हब—हमारे पैगम्बर—खुदा उन्हें मगफिरत (मुक्त) करे, और हमारे क़ुरान शरीफ का मज़हब !”

“लेकिन पैगम्बर या कुरान ने कहां फरमाया है कि मुसलमान मुसलमानों को कत्ल करें ?”

“यह सच नहीं कि हमारे भाइयों ने ऐसा किया है।” इशहाक ने तेज़

आवाज़ में कहा।

"बाबू इशहाक," महमदू ने विरोध किया, "लेकिन बारामूला से जो खबरें आ रही हैं..."

"और उन्होंने जनरल राजेन्द्रसिंह को कैद करके उरी में उसकी फौज के एक-एक आदमी को मौत के घाट उतार दिया।" मकबूल ने कहा।

"काफिरों के खिलाफ जिहाद में और चारा ही क्या है!" इशहाक ने दांत भींचकर कहा, "क्या हिन्दू महाराजा और उसके डोगरों ने हमें अब तक कुचलकर नहीं रखा? हम कश्मीर की हिफाज़त के लिए हिन्दुओं के साथ मिलकर अपने भाइयों के खिलाफ नहीं लड़ सकते!"

"कत्ल के खिलाफ आदमी को शैतान के साथ भी मिल जाना चाहिए।" महमदू ने अपनी देहाती समझ के अनुसार कहा।

"और आप लोग उसूल बधारते हैं!" इशहाक ने व्यंग्य किया।

"मैं जो कहता हूं, मकबूल साहब उसकी ताईद नहीं कर रहे।" महमदू ने मूक अतिथि की ओर से सफाई दी।

"जनाब मकबूल शेरवानी साहब, खुद क्यों जवाब नहीं देते?" इशहाक ने चुनौती दी।

"मैंने हमलावरों को बारामूला में अपनी आंखों देखा है।" मकबूल ने हौले से कहा, "इसके अलावा मैं कश्मीर के साथ हूं। कोई इसे ताकत से क्यों हथियाए, जिधर यह चाहे इसे जाने की आज़ादी हो, और नेहरू जिन्ना से ज़्यादा काबिले-एतबार है। कराचीवालों को तो अब विदेशी दोस्तों का भरोसा है, और..."

"ये कम्युनिस्टों कीगप्पें हैं!" इशहाक ने सेवार की टहनी की तरह क्रोध से कांपते हुए कहा, "और अगर आप ऐसी बातें करेंगे तो आपकी जान की खैर नहीं!..."

"बाबू इशहाक !" महमदू चिल्लाया, "मकबल साहब मेरे मेहमान हैं।"

"जहां तक तुम्हारा ताल्लुक है, मोटे नानबाई, मैं तुमसे भी समझ लूंगा !" इशहाक गुस्से में भरा और मुंह से झाग उगलता हुआ दरवाज़े की ओर मुड़ा। गुला चाय की ट्रे लिए आ रहा था, वह उससे टकराते-टकराते बचा।

लड़का भीतर आया और ट्रे फर्श पर रखकर चिल्लाने लगा।

"तुम जानते हो कि तुम्हारा उस्ताद दुबला होने के बाइस जल्दी नाराज़ हो जाता है।" महमदू ने लड़के को सांत्वना देते हुए कहा।

मकबूल ने स्नेह से लड़के का सिर थपथपाया और अपने मेज़बान से कहा :

"मैंने तुम्हें भी मुसीबत में मुब्तला कर दिया !"

"मैं वह सारी मुसीबत, जो आप लाए हैं, और खुद मेरी अपनी मुसीबत आपपर लाद दूंगा।" उसने तनिक मुस्कराते हुए कहा, "अब मैं और गुला भी आपके साथ बारामूला चलेंगे।" वह मकबूल का चेहरा पढ़ने के लिए क्षण-भर रुका और बात जारी रखी, "मुझे खेतों का रास्ता मालूम है। आप सड़क पर चढ़े बगैर ही फासला जल्दी तय कर लेंगे। बारामूला के पास पहुंचकर हम मोटरसाइकल छोड़ देंगे और जुमा नानबाई के घर पैदल चलेंगे। वह मेरा चचेरा भाई है। आप चाय पी लें तो हम चलें। शायद वह सांप फिर लौट आए..."

जब मकबूल और उनके दोनों साथी दुखते हुए पैरों के साथ बारामूला के लगभग आध मील बाहर एक घास के छप्पर में दाखिल हुए तो आखिर अक्तूबर की सर्द रात कोहरे और लकड़ी के जलते हुए धुएं के कारण गहरी हो गई थी।

वे लगभग चार घंटे तक खेतों की कीचड़ और दलदल में से चलते आए थे। महमदू और गुला के साथ ऐसी भूमि में से चलते हुए मकबूल

एकदम थक गया था। चाहे इशहाक की धमकी ने महमदू को एक सनकी नानबाई से देशभक्तों का साथी बना दिया था; लेकिन इशहाक ने पट्टन पर अपने 'भाइयों' के हमले की जो घोषणा की थी, उससे जो भय उसके मन में उत्पन्न हो गया था उसे कैसे दूर किया जाता। महमदू हर झाड़ी को कबायली समझ लेता था और गीले खेतों में झींगुरों की 'ट्रीं-ट्रीं' पर उसे मशीनगन चलने का धोखा होता था। गुला सो गया था, उसे वे दोनों बारी-बारी उठा रहे थे।

इस अजनबी रास्ते पर चलते हुए मकबूल को भी भय सता रहा था कि वे किसी भी क्षण पाकिस्तानी संतरियों अथवा हमलावरों के अग्रदस्ते के हाथ पड़ सकते हैं। वह खुद भी इशहाक के शब्दों से प्रभावित हुआ था। पर उसके मन में यह विचार भी आया कि अगर उन्होंने पट्टन को घेर लिया होता तो वे उन्हें भी अवश्य पकड़ लेते, चाहे वह और महमदू खेतों में से चक्कर काटकर आए हैं।

वह नहीं जानता था कि उसके आने के बाद बारामूला पर क्या बीती। शायद वे आगे बढ़ने से पहले और फौजी सहायता पहुंचने का इन्तज़ार कर रहे हों। यह भी सम्भव है, जैसाकि इशहाक ने कहा था कि वे श्रीनगर के बड़े रास्तों पर चुपके-चुपके आगे बढ़ रहे हों ताकि पहले स्थिति को समझ लें और फिर पूरी शक्ति से आक्रमण करें। अगर, जैसाकि श्रीनगर में हर कोई आशा कर रहा है, चमत्कार हो जाए और भारतीय सेना आ पहुंचे तब बचाव हो सकता है, वरना..

उसे नानबाई और उसके बेटे पर तरस आया। उन्होंने भी अपने-आपको जलती आग में झोंक दिया। अब उन दोनों के बारे में कुछ न कुछ फैसला करना ज़रूरी था।

"अब्बा, मुझे भूख लगी है।" गुला घास के ढेर पर पड़े-पड़े चिल्लाया।

"हातो, चुप रहो, आदमी बनो !" महमदू ने उसे झिड़का।

इससे मकबूल को बात सूझी। एक क्षण चुप खड़ा वह अंधेरे में झांकता और पत्तों की सरसराहट और दूर से आ रही इन्सानी आवाज़ें सुनता रहा। उसे लगा जैसे तूफान के कारण उसके शरीर का बोझ बढ़ गया है। वह बैठ गया, और इससे पहले कि महमदू कुछ कहे उसने बात शुरू की :

"महमदू, अब तक तो किस्मत ने साथ दिया; इसके लिए मैं शुक्रगुज़ार हूं। मैं नहीं चाहता था कि तुम्हें और गुला को किसी मुसीबत का सामना करना पड़े, क्योंकि तुमने पट्टन में रहने के बजाय मेरे साथ आना बेहतर समझा। अब मैं यह नहीं चाहता कि तुम आगे भी अपनी जान खतरे में डालो..."

"आप कह क्या रहे हैं ?" महमदू ने प्रतिवाद किया, "मैं बाबू इशहाक के हुक्म से रात-भर हमलावरों के लिए खाना पकाने के बज़ाय आपके साथ रहना पसन्द करूंगा...और जब मैंने आपका साथ दिया है तो उसने ज़रूर कातिलों से कह दिया होगा। आप इशहाक को नहीं जानते। वह अपने-आपको स्कूल-मास्टर होने ही से बहुत बड़ा आदमी समझता है..."

जब वह मकबूल के पास बैठा बात कर रहा था तो महमदू के मुंह से गरम-गरम भाप निकल रही थी। उसकी विचित्र श्रद्धा जो मेज़बान की वीरता से उत्पन्न हुई थी और जिसके कारण उसने अपनी जान तक खतरे में डाल दी थी, उसके स्वर में झलक उठी थी। मकबूल चाहे उसका चेहरा नहीं देख पा रहा था, पर वह समझ रहा था कि महमदू की आंखों में आंसू होंगे। अगर बाप-बेटा उसे छोड़ जाएंगे तो वह अकेला रह जाएगा, इसलिए उसने फैसला किया कि वे भी साथ रहें। समय का चक्र उसके मस्तिष्क में घूम रहा था। उसने महसूस किया कि उसे भी साथ घूमना चाहिए। "तुम मेरे साथ आए, क्योंकि मेरी मौजूदगी से ऐसे हालात पैदा हो गए और तुमने इशहाक के साथ बहस में मेरी तरफदारी की।" उसने

विनम्र भाव से धीरे-धीरे कहना शुरू किया, "तुम इशहाक और उसके दोस्तों के लिए मजबूरी से खाना बनाते। मैं तुमसे यह उम्मीद नहीं कर सकता कि जिस बात को तुम समझते ही नहीं उसके लिए तुम मौत का सामना करोगे। शायद कल जब तुम बारामूला में होगे तो मेरी बात का मतलब समझ लोगे। यह सोचकर कि बारामूला के बचाव की अब कोई सूरत नहीं, मैं खुद श्रीनगर भाग गया था। लेकिन मैं लौट आया हूं क्योंकि मुझे यकीन है कि हमें मदद पहुंच जाएगी। मैं नहीं चाहता कि तुम रात को भी मेरे साथ रहो..."

"जनाब !" महमदू ने प्रतिवाद किया।

"नहीं, अगर तुम्हें मेरी बात पर यकीन है तो तुम्हें मेरा हुक्म मानना होगा।" मकबूल ने तुरन्त कहा, "तुम मेरी मदद कर सकते हो। तब तक तुम्हें सोचने का वक्त मिलेगा और तुम अपने अकीदे पर गौर करके अपने-आपको मज़बूत बना लोगे। तुम गुला को जुमा के घर ले जाओ। सुबह अगर देखो कि सड़क साफ है तो गुला को पैगाम देकर यहां भेज देना। यही तजवीज़ ठीक रहेगी; वरना हम तीनों नाहक मारे जाएंगे।"

इस तर्क का महमदू के पास कोई उत्तर नहीं था। फिर जाने का मशवरा उसकी अपनी सुरक्षा की आंतरिक अभिलाषा से मेल खाता था। मकबूल ने ठीक अंदाज़ा लगाया था।

"मैं यहां गुला के साथ सो सकता हूं, लेकिन अगर आप इसरार करते हैं कि मैं ज़रूर जाऊं, तो मैं चला जाता हूं..." महमदू ने विनीत भाव से कहा।

"अगर मुझे कुछ हो गया," मकबूल बोला, "तो तुम्हारी दुकान के पिछवाड़े में जो मोटरसाइकल छोड़ आया हूं, वह गुला ले लेगा। बारामूला के लोहार का लड़का उसे चलाना सिखा देगा..."

"आप कैसी मनहूस बात कर रहे हैं !" महमदू बोला।

"अच्छा जाओ..." मकबूल ने कहा।

महमदू ने गुला को अपनी बांहों में उठाने का प्रयत्न किया। लड़का भारी था; इसलिए मकबूल खुद उठा और उसने लड़के को उठाकर आहिस्ता से महमदू की पीठ पर बोरी की तरह लाद दिया। वह कुलीगिरी भी कर चुका था इसलिए महमदू यों बोझ सहज में उठा सकता था।

"खुदा हाफिज़!" महमदू बुदबुदाया।

"अगर मुमकिन हो तो गुला को सुबह भेज देना।" मकबूल ने अपनी बात दोहराई। जब महमदू आहिस्ता-आहिस्ता चला गया, मकबूल न पूलों के ढेर में सोने के लिए एक गुफा-सी बनाई।

जब वह सोने के लिए लेटा तो मन ही मन महमदू की प्रशंसा कर रहा था, जिसने परम्परागत वीरता की भावना से ओतप्रोत होकर अपने-आपको खतरे में डाल दिया था।

घास खूब जोड़कर रखी हुई थी। लेटने से मालूम पड़ा कि उसने जो गुफा बनाई है वह सिर्फ चार फुट लम्बी है। इसलिए वह बच्चे की तरह सिकुड़कर लेटा हुआ था। वह फिर उठा और दो पूलियां और निकाल दीं।

उसे सब सूना-सूना लग रहा था और नींद नहीं आ रही थी। अजीब बात है कि उसके शरीर में जब चलने की उष्णता मद्धम पड़ गई तब उसे महमदू और गुला का जाना अखरा और तनहाई का एहसास हुआ। विस्तृत शून्य में चिन्ताएं मंडरा रही थीं, जो शनैः-शनैः रूप बदल रही थीं और बारामूला पर हमला करनेवालों की तरह भयंकर हो जाती थीं।

लेकिन बाहर हवा चिनार के पेड़ों में सरसराहट पैदा कर रही थी। वह कुछ सिकुड़-सा गया और बायें बाज़ू का तकिया बनाकर लेट रहा। अब वह स्निग्ध और शांत लेटा हुआ हवा की सरसराहट सुन रहा था और

भूमि को अपना गीलापन चूसते हुए महसूस कर रहा था। उसके शरीर की थकान देसी शराब की तरह उसके दिमाग को चढ़ गई और आंखें बन्द हो गईं। उसका भारी शरीर अब उस गुफा तक सीमित था और मस्तिष्क में भयंकर सपने आने शुरू हो गए...

मशीनगनों और बन्दूकों की लगातार आवाज़ से उसका स्वप्न भंग हुआ। इसका जो अंश स्मृति में बच रहा था उसमें वह महमदू और गुला को हिरनों के रूप में देख रहा था जो अपने सींग उस ओर घुमा रहे थे। वह सिर उठाकर सुनने लगा कि महमदू-सम्बन्धी जो भावनाएं उठ रही थीं उन्हें दबा दे और अपने प्रति नानबाई की निष्ठा को संदिग्ध न होने दे। दूर मशीनगनों की दनादन-दनादन बढ़ती गई। श्रीनगर से लौटते समय जो विचार परेशान कर रहे थे वे फिर मन में उठने लगे। मशीनगनें सिर्फ पाकिस्तानी हमलावरों के पास होंगी। क्योंकि उनके अपने पास तो इकनाली और दुनाली देसी बन्दूकें ही थीं जो 'अवामी फौज' के राजबंस ने उसे पालेडियम सिनेमा के स्टोर में दिखाई थीं। शायद हथियारों से लैस भारतीय सेना आ पहुंची हो...

उसने एक लम्बी सांस छोड़ी और यह अन्दाज़ा लगाने के लिए कि मशीनगनों की आवाज़ किस ओर से आ रही है वह ध्यान से सुनने लगा। यह बारामूला की गंदरबल दिशा से आ रही थी। शायद हमलावर उस ओर से श्रीनगर पर पूरी शक्ति से हमला कर रहे थे। फौजें कैसे लड़ती हैं इसका उसे कुछ ज्ञान नहीं था, लेकिन उसे यह बात अजीब लग रही थी कि बीच के भाग को असुरक्षित छोड़कर सिर्फ एक तरफ से इतना आगे बढ़ा जा सकता है। अगर बारामूला की बड़ी सड़क से या उसके पास से उसके साथ श्रीनगर से फौज आई होती तो पट्टन के रास्ते आगे बढ़कर उनके पीछे जा रहती और उन्हें घेर लेती। लेकिन हमले की योजना बनानेवाले जनरल ग्रेसी और

तारक इतने मूर्ख नहीं हो सकते। लियाकतअली और अब्दुल कय्यूम उनके हाथों पराजय का खतरा मोल नहीं ले सकते, क्योंकि जिन्ना चाहता है कि तुरन्त पूरे कश्मीर पर कब्ज़ा कर लिया जाए। बाद में राष्ट्रसंघ में नैतिकता की जो दुहाई मचेगी उससे भी निपट लेगा। डा० तासीर जो एक बार कश्मीरियों को इस्लामी बिरादरी का सबक पढ़ाने आए थे, वे इन्हें अपनी बात पर अड़े देख बड़े निराश हुए और अन्त में चिढ़कर घोषणा की, "अच्छा योंही सही, जिसकी लाठी उसकी भैस !..."

अगर लड़ाई शुरू है तो उसे भी चलकर कुछ न कुछ करना चाहिए। उसे यहां आराम से पड़े रहने का कोई अधिकार नहीं है। अगर उसमें कुछ हिम्मत है तो यह मैदान गें उतरने का वक्त है...

लेकिन वह क्या करेगा ! वह सिर्फ लोगों की राय मालूम करके उन्हें यह आश्वासन दे सकता है कि 'घबराओ नहीं, सहायता अवश्य आएगी।'

वह सोचने लगा कि हिटलर द्वारा कब्ज़े के समय ऐसी परिस्थितियों में रूसी गुरिल्ले कैसे लड़ते रहे थे ? अब उसे इस बात का अफसोस हो रहा था कि उसने युद्ध के बारे में सिर्फ अफवाहें सुनी हैं और इस सिलसिले की किताबें नहीं पढ़ीं। अपना अज्ञान उसे ऐसा पहले कभी नहीं खला था। फिर भी वह जानता था कि उसकी मातृभूमि पर हत्यारों का यह आक्रमण भगवान का विधान नहीं, बल्कि लोगों को परास्त करने के लिए संगठित बर्बरता है और समय का धर्म उसका डटकर विरोध करना है। बाद में वह वास्तविकता समझने के लिए सवाल पूछेगा जो नौजवान कवि के लिए अत्यावश्यक है। विश्वयुद्ध से पहले जब वह स्कूल में पढ़ता था तो श्रीनगर में एक मुशायरे में जाने के लिए उसके पास किराया तक नहीं था। उसका बाप नाराज़ हुआ था क्योंकि वह उसे जाने के लिए पैसे नहीं दे सकता था। मां और बहन ने उसे

अपनी बचत के पैसे दिए थे। लेकिन उसके तकाज़े और अभिलाषाएं दिन-दिन बढ़ रही थीं और आखिर वह यह महसूस करने लगा कि वह बारामूला में सबसे स्वार्थी व्यक्ति है। इस अपराध के क्षोभ को मिटाने के लिए ही उसने विनम्रता अपनाई और राजनीतिक कार्य में अधिक से अधिक डूबता चला गया। फ़ैज, मजाज़, जाफरी और साहिर की किताबें उसने मांग-मांगकर पढ़ी थी। उनसे उसे प्रेरणा मिली थी। वे वाकई रोमांचकारी थीं।

बंदूकें बराबर चल रही थीं। उसने महसूस किया कि अब यहां बैठे-बैठे सोचना व्यर्थ है। अगर कोई योजना नहीं तो वह कम से कम बारामूला की स्थिति का तो पता लगाए। अंधेरा उसके लिए सहायक सिद्ध होगा। सिर्फ गुला अगर सुबह महमदू का संदेश लेकर आया तो उसे वहां नहीं पाएगा; लेकिन महमदू चालाक आदमी है, आप ही समझ जाएगा। अतएव वह पूलों के ढेर में से बाहर निकला और उसने अपने कपड़ों पर से फूस झाड़ा।

रात को जो बर्फ़ गिरी थी वह अब पिघल गई जान पड़ती थी, और जब वह पौ फटे चला तो पैरों में कीचड़ था। हवा तेज़ थी और उसे ऊनी जैकेट में सर्दी लग रही थी। उसने मफलर गले में लपेट लिया और डरने की तरह चलने लगा। वैसे इससे लाभ ही था, क्योंकि अगर किसीने देख लिया तो वह रुककर सिर्फ हाथ फैला देगा। लेकिन कबायली, जितना वह समझता था, उससे कहीं ज़्यादा होशियार थे।

वह चल रहा था और यह तय कर लेना चाहता था कि कहां जाना है। आखिर कस्बे के मध्य से उठ रहे धुएं ने निर्णय कर दिया। इस प्रकार बारामूला में घुस जाना व्यर्थ है। उसे जीवन-सागर पर तैरते रहना चाहिए। इसी कारण इस समय घर जाने की इच्छा करना उचित नहीं है, बल्कि देशसेवा को सम्मुख रखते हुए गिरफ्तार होने से बचना

चाहिए।

यह सोचकर कि वह कहीं पाकिस्तानी संतरी के फंदे में न जा फंसे या किसीकी गोली का शिकार न हो जाए, उसके शरीर में कंपकंपी-सी दौड़ गई। पूलों में बनाई गुफा में सोने से पहले वह जो मानसिक संकट अनुभव कर रहा था, फिर वही स्थिति उत्पन्न हो गई। क्या आदमी सिर्फ इसीलिए जवान होता है कि वह गोली का निशाना बन जाए? इससे क्या लाभ ? अल्लाह मियां कहां है ? उसके मन में इस प्रकार के सवाल उठ रहे थे। उसने अपने भीतर झुरझुरी-सी महसूस की।

इस घबराहट में फैसला उसके लिए विकट समस्या बन गया, वह क्षण-भर के लिए रुका। उसकी ठुड्डी ऊपर उठी हुई थी और आंखें कोई मार्ग खोज रही थीं।

वह जानता था कि कस्बे से थोड़ी दूर 'प्रेज़ेंटेशन कॉन्वेंट' स्थित है। वहां लोगों को वह सब मालूम होगा जो पिछले तीन दिन में घटित होगा और वहां वह पकड़े जाने की जोखिम से भी बचा रहेगा। ईसाई और गोरी जाति के लोग घबराए भी नहीं होंगे। फिर उसकी मौसी राहती अस्पताल में दाई का काम करती है और उसका पति सलाम कॉन्वेंट का चौकीदार है।

कस्बे से कुछ दूर रहने के लिए वह खेतों में से होता हुआ एक टीले की ओर बढ़ा जहां से वह कॉन्वेंट में उतर जाएगा और कोई उसे देख भी नहीं सकेगा।

भीतरी घबराहट के बावजूद उसने ऊपरी भाव ऐसा बनाया जैसे वह कॉन्वेंट से खेतों में योंही सैर के लिए आया हो।

योंही उसे 'प्रेज़ेंटेशन कॉन्वेंट' की बिल्डिंगें दिखाई देने लगीं, उसे मुख्य भवन जलता हुआ नज़र आया।

पट्टन से यहां तक सारा फासला पैदल चलने के कारण वह थक गया था और पैरों में झांवले पड़ गए थे, और वह अपने-आपको उदास-

उदास-सा महसूस कर रहा था।

वह स्थिति को साफ-साफ समझ लेने के लिए ठहर गया। हो सकता था कि वह अंधेरे के कारण चिमनी के धुएं को ही आग समझ रहा हो या फिर यह कस्बे का कोई दूसरा मकान हो।

लेकिन जहां तक उसकी नज़र काम कर सकती थी और वह चीज़ों को समझ सकता था, यह दरअसल कॉन्वेंट ही की मुख्य इमारत थी जो जल रही थी।

उसने अपने-आपको संयत रखने और आघात को सहन करने के लिए इस तर्क का सहारा लिया कि उसके मन में मस्जिद, मंदिर अथवा कॉन्वेंट के प्रति किसी धार्मिक आस्था या श्रद्धा की भावना नहीं है। लेकिन उसने समझ लिया कि हमलावरों ने कॉन्वेंट पर भी हाथ साफ किया है। वह हैरान था कि पाकिस्तानी अफसरों ने, जो जानते थे कि उन्हें गोरे जरनैलों से सहायता मिली है, इस तटस्थ मिशनरी-केन्द्र को लूटने की आज्ञा कैसे दी ! हमलावरों ने न सिर्फ कस्बे बल्कि बाहर की बस्तियों को भी उसी तरह अपनी लपेट में ले लिया है जैसे जंगल की घास फूलदार झाड़ियों को लपेट लेती है।

अतएव ईसाइयों में जा छिपने की उसकी योजना असफल रही।

वह आश्चर्यचकित और विमूढ़-सा खड़ा कुछ देर सोचता रहा कि अब क्या करे। वह यह विश्वास नहीं कर पा रहा था कि उसके मुस्लिम भाइयों ने एक धार्मिक संस्थान को जला दिया है। लेकिन सत्य उसके मस्तिष्क में सुलग रहा था। स्पष्ट था कि यह आग हाल ही में लगाई गई है।

आखिर कॉन्वेंट के अहाते में दूसरे मकानों को खड़े देख उसे ढाढ़स बंधी और वह आगे बढ़ा।

सावधानी से वह कॉन्वेंट के अस्पतालवाले भाग की ओर बढ़ा,

जिसके अहाते में सलाम और राहती को कमरा मिला हुआ था।

कोहरा उसके पैरों तले कचकचा रहा था ओर जमी हुई सुन्दर झाड़ियों ने उसके मन में एकाकीपन की भावना उत्पन्न कर दी।

खतरे अथवा संकट की बात सोचने का उसे साहस ही नहीं होता था, क्योंकि वह जानता था कि अंत तो यही होना है। इसलिए उसने लापरवाही की मुद्रा धारण करनी चाही, जिससे नसें अकड़ गईं, चेहरा कठोर पड़ गया और गर्दन तन गई। उसके व्यवहार में कुछ नाटकीयता आ गई, लेकिन नैतिकता के हित में उसे यह कृत्रिमता भी अच्छी जान पड़ी। आगे बढ़ने का निश्चय भय की सीमा लांघकर साहस के क्षेत्र में कूद जाना था। उसने रुककर इधर-उधर निगाह दौड़ाई तो एक बार फिर सीमा स्पष्ट थी और वह पहाड़ी से सटी हुई थी।

'योंही वह अस्पताल के अहाते में दाखिल हुआ। फतह भंगी ने उसे टोका और 'तुम कौन हो ?' पूछकर वह भय से कांपता हुआ नौकरों के क्वार्टर में भाग गया।

'ओह हातो ! मैं हूँ शेरवानी।' मकबूल ने धीरे पर इतने ऊंचे कहा कि वह सुन सका। लेकिन हमलावरों का भय प्रेत की तरह फतह पर छाया हुआ था। वह नज़र से ओझल हो गया और क्वार्टर से सिर्फ आवज़ें सुनाई दे रही थीं।

मकबूल के भाग्य से राहती ने अपने कमरे की खिड़की की सलाखों से झांककर देखा और उसे पहचान लिया।

"यह तो अपना मकबूल है !" उसने अपने पति सलाम से कहा, जो रात को देर से सोया था और अब जाग गया था।

सलाम अभी पूरा जगा नहीं था। उसने उनींदी आंखों से पत्नी की ओर देखा, जो रात-भर जागकर पहरा देती रही थी।

राहती बाहर गई और मकबूल को चुपके से भीतर ले आई। दूसरे नौकर अपने दरवाज़ों और खिड़कियों में से इस आशंका में झांक रहे

थे कि कबायलियों का यह नया हमला है। राहती ने उनका भय दूर किया।

"उन्हें डर है कि पाकिस्तानी फिर न आ जाएं।" राहती बोली, "और अगर ज़ालिम लौट आए तो कौन जानता है कि वे क्या करेंगे। उन्होंने इसे लगभग मार डाला था..." और अन्तिम शब्द कहते-कहते उसके धैर्य का बांध टूट गया और आंखों में आंसू उमड़ आए।

"मौसा सलाम को ?" मकबूल बोला।

राहती ने 'हां' में सिर हिलाया और उसकी आंतरिक पीड़ा मुख पर झलक आई।

"क्या वे सख्त ज़ख्मी हुए हैं ?" मकबूल ने नौकरों की बैरक के बरामदे में प्रवेश करते हुए पूछा।

वह दरवाज़े से बाहर रुक गई और धीरे-धीरे बताया :

"जब वह गेट पर पहरा दे रहा था, उन्होंने उसपर गोली चलाई। खुदा का शुक्र है, गोली उसकी खोपड़ी को छूती हुई गुज़र गई। फिर भी हड्डी हिल गई और घड़ा-भर खून निकला। वह गिर पड़ा। तभी से बेहोश है।...वह कल तमाम दिन और तमाम रात क़राहता रहा...वह थोड़ा सोया था कि तुम्हारे आने से आंख खुल गई।"

मकबूल ने छोटे-से साफ-सुथरे कमरे में प्रवेश किया, सलाम एक पलंग पर लेटा हुआ था। वह निकट जाकर उसपर झुक गया।

"मैं बीमार हूं...बीमार...बीमार..."सलाम शराबी की तरह बड़बड़ाया। लगता था उसे मुंह खोलते कष्ट हो रहा है, "बीमार ! ... और उन शैतान के बच्चों ने छोटी मां को कत्ल कर दिया।"

"तुम ज़्यादा न बोलो !" राहती ने उसे टोका, "मैं सब कुछ बता दूंगी।" और वह मकबूल से सम्बोधित हुई, "उन्होंने बड़ी मां की सहायक सिस्टर टेरेसालीन को मार डाला और बड़ी मां को घायल करके चर्च में जा घुसे।"

मकबूल पलंग की पट्टी पर बैठ गया। इस खबर से उसके मन में जो भय उत्पन्न हुआ, उससे मुख पर पसीना आ गया। और वह अपने संशयों के सत्य सिद्ध हो जाने से लज्जित था। क्या यह उसकी मानसिक भीरुता थी अथवा भयंकर स्थिति के सम्मुख विनम्रता थी?

मकबूल ने अपने हाथ सलाम के हाथों में रख दिए और कुछ देर कमरे में खामोशी रही। तब सलाम ने कराहते हुए सिर इधर-उधर घुमाया।

"तुम इस दोज़ख में क्यों लौट आए ?" राहती ने अंगीठी सुलगाते-सुलगाते पलटकर कहा।

वह अपने विचार स्थिर करने के लिए रुका, क्योंकि जो कुछ यहां आकर देखा, उससे सब गड़बड़ा गया था। तब आवाज़ को बिना ऊंचा किए, ताकि वीरता का अभिनय न हो, उसने कहा, "हम इन ज़ालिमों से लड़ेंगे..."

वह आगे कहना चाहता था—'या मर जाएंगे,' पर शब्द उसके होंठों पर आते-आते रुक गए। उसने महसूस किया कि वह जो कुछ कह रहा है, उसका विशेष समर्थन होना चाहिए। इसलिए उसने आगे कहा :

"श्रीनगर में हमारे साथियों का खयाल है...और अगर किस्मत हमारे साथ है तो अब तक नेहरू ने अपनी फौजें हमारी मदद के लिए भेज दी होंगी। कल तिपहर को जब मैं चला तो श्रीनगर आज़ाद था..."

"हमने कुछ और ही सुना था।" राहती ने अधीरता से कहा, "हम सिर्फ इतना जानते हैं कि बारामूला पर पाकिस्तानियों का पूरा कब्ज़ा है और वे लूट के माल से ट्रक भर रहे हैं। बचाव की कोई सूरत नहीं...अगर वे हमें हमारे हाल पर छोड़ जाएं और फिर लौटकर न आएं...चाय में नमक लोगे या चीनी ?" अंतिम वाक्य के अतिरिक्त

उसके शब्द चीखें थीं।

मौसी को यों हताश देखकर मकबूल का गला रुंध गया और वह एक शब्द भी नहीं कह पाया। वह चुपचाप उसके कांपते हाथों को देख रहा था जबकि वह गर्म पानी से केतली धो रही थी। उसे लग रहा था कि वादी इंसानी आवाज़ों के बजाय कटु भावनाओं का 'आर्केस्ट्रा ' बन गई है।

"अगर हो तो मैं चीनी ही पसन्द करूंगा।" आखिर उसने कहा।

"या अल्लाह !..." अपना सिर एक तरफ से दूसरी तरफ घुमाते हुए सलाम बड़बड़ाया, "बड़ा दर्द है !" उसने कहा, "या अल्लाह !... हमें बख्श दे...लेकिन पाकिस्तान के उन कातिलों, शैतान के बच्चों का बेड़ा गर्क कर दे !..."

मकबूल ने नब्ज़ देखी तो पता चला कि सलाम को सख्त बुखार है।

"चुप रहने की कोशिश करो।" राहती ने गृहिणी के परिचित स्वर में कहा।

"ऐ औरत !" वह चिल्लाया, "मैं इन इब्लीस के बेटों को कैसे भूल सकता हूं, जिन्होंने छोटी मां को बेरहमी से कत्ल कर दिया ! मैं चाहता हूं कि उठकर उन सबको मार डालूं !... मकबूल, वे अच्छे लोग नहीं हैं...उन्होंने ईसाइयों, हिन्दुओं और सिक्खों ही को नहीं, मुसलमानों को भी कत्ल किया है। ... मुझे उम्मीद है कि अल्लाह उन्हें इस गुनाह की सज़ा देगा।...इस औरत का कोई अकीदा नहीं...यह न खुदा को मानती है और न शैतान को !...शायद यह ईसामसीह को मानती हो !..." उसे ज़ोर की खांसी आई। वह उठा और मकबूल ने पीछे से सहारा दिया।

"लेकिन क्या कहीं अल्लाह है ?" उसने हौले से कहा, यह सोचते हुए कि मौसा नहीं सुन पाएगा, "ईसा तो वाकई आदमी था। उसने

इंसानियत के लिए दुःख झेला और फांसी पर झूल गया।"

"थोड़ी-सी चाय बची है।" उसने अपने पति से कहा। उसका दुःख निराशा में बदल गया जान पड़ता था।

"लाओ, मैं इन्हें पिलाता हूं।" मकबूल ने मौसी से प्याला लेते हुए कहा।

राहती के शरीर में सिहरन दौड़ गई और वह मकबूल और यों अपने पति के प्रति द्रवित हो उठी।

"इन्हें मैं पिलाती हूं। तुम अपनी पियो, यह लो।" उसने कहा।

मकबूल ने अपना स्थान मौसी के लिए खाली कर दिया ताकि वह सलाम को घूंट-घूंट चाय पिला सके। उसने अपना प्याला उठाया और खिड़की में खड़े-खड़े चाय पीते हुए दूर पहाड़ों की ओर देखने लगा।

पूर्व में उषा फैली थी और सूर्योदय की सूचना दे रही थी। एक क्षण के लिए उसने महसूस किया कि प्रकृति उसके मस्तिष्क में चल रहे कातिलों के विचार पर छा जाएगी और खुद उन्हें भी निगल लेगी।

"हम लोगों के दिल हैं!" सलाम ने प्याले से मुंह हटाकर कहा, "काश! मैं उठ सकता और इन हरामज़ादों को वह सबक सिखाता कि ज़िन्दगी-भर याद रखते! ..."

उसे खांसी आ गई और चाय गिरते-गिरते बची।

"पहले चाय पी लो," राहती ने भर्त्सना की, "तुम तो एक चिड़िया भी नहीं मार सकते। इस शेखी बघारने से क्या फायदा! गरीबों के लिए इसके अलावा और कोई चारा नहीं कि वे ईसामसीह की तरह दुःख सहें..."

"जाओ हातो, जाओ..." उसने चिढ़कर कहा और प्याले को यों हाथ मारा कि वह मकबूल के कदमों पर जा गिरा। "मैं उन लोगों में से नहीं, जो चिल्ला भी नहीं सकते। मैं लड़ना चाहता हूं..." और वह अपनी

बात कहते-कहते निढाल होकर लेट गया।

कुछ देर के लिए वे तीनों चुप रहे। राहती विक्षुब्ध थी और पति की चिन्ता में चुप थी।

"श्रीनगर के लोग भी यही कह रहे हैं।" मकबूल ने जैसे अपने-आपसे कहा, "हम उनकी हुकूमत कबूल नहीं करेंगे। हम महाराजा को भी गद्दी से उतार देंगे और अपनी आज़ादी की खुद हिफाज़त करेंगे..."

"बड़े बोल गोलियां नहीं बन जाते!" राहती ने विद्रूप-भाव से कहा।

मकबूल कुछ देर के लिए फिर सलाम के पास आ बैठा। उसने चुपचाप उसके हाथों को स्पर्श किया और उठ खड़ा हुआ।

"अपने गले में फंदा मत डालो।" राहती बोली, "वे तुम्हें खोज रहे होंगे। कुछ देर यहीं ठहरो।"

"नहीं, मैं ज़रूर जाऊंगा।" मकबूल ने दृढ़ता से कहा, "मैंने अपनी राह चुन ली है।"

"वह राह दोज़ख को जाती है!" राहती चिल्लाई।

"जाओ हातो, जाओ..." सलाम ने सिर ऊपर उठाकर जोश में कहा, "जाओ...तुम देखोगे कि तुम्हारे मौसा सलाम का दिल अब भी ठीक है..."

"चुपचाप लेटे रहो।" राहती ने आदेश दिया।

मकबूल सलाम की बात सुनने के लिए ठहर गया था, अब वह आंगन में चला गया।

जब वह पहाड़ से उतरकर कॉन्वेंट में आया तो अंधेरे के पर्दे का स्थान अब उजाले ने ले लिया था, जो रक्त-रंजित पूर्वी आकाश से उतर रहा था। जिस आवेग में उसने राहती के कमरे को छोड़ा था, उसका स्थान शीघ्र ही आंतरिक भीरुता ने ले लिया। मगर वह सहज भाव से चल रहा

था और एक सूने मैदान से होकर उत्तर की ओर बारामूला की मुख्य गली की ओर बढ़ रहा था। ज़मींदार सरदार मुहम्मद जिलानी की बड़ी हवेली इसी गली में स्थित थी। उसका सिर झुका हुआ था जैसे कोई ज़ाहिद (तपस्वी) अल्लाह के विचार में मग्न हो। पर उसकी आंखें फटी जा रही थीं ; उसे विश्वास नहीं हो रहा था कि जो बारामूला इतना आबाद था, वह ऐसा निर्जन हो सकता है।

उसकी जन्मभूमि पर जो मुसीबत आई थी उसे वह बड़ी तीव्रता से महसूस कर था। वह जानता था कि अब बारामूला में दो तरह के लोग रह गए थे। एक वे, जो राहती की तरह पाकिस्तानियों की करतूतों से घृणा करते थे; पर जो कुछ हुआ उसे विधि का विधान समझकर चुप थे। दूसरे सलाम और उस जैसे दृढ़निश्चय के लोग थे, जिनके मन में मुकाबला करने की भावना प्रबल होती जा रही थी। फिर कुछ लोग ऐसे भी होंगे जो किसी भी बात के बारे में कुछ नहीं जानते थे, जो साधारण मिट्टी से बने थे और जो अपने स्वभाव और नित्य के कार्यक्रम ही में मस्त थे। ऐसे लोग धार्मिक नकारात्मकता के प्रतीकों में लिपटे हुए औपचारिक पूजा-पाठ और आध्यात्मिकता का आवरण ओढ़े रहते हैं।

सहसा चुंगीघर के करीब उसे बारामूला के कुछ कुली दिखाई पड़े। बे बड़-बड़े संदुक, ट्रंक और बोरियां ट्रकों की ओर ले जा रहे थे। निश्चित रूप से यह लूट का माल था जो पाकिस्तान को भेजा जा रहा था।

थाना भी चुंगी के पास ही था; इसलिए मकबूल ने सोचा कि कहीं कोई सिपाही न देख ले। अगर एक बार देख लिया तो फिर कुशल नहीं, क्योंकि थानेवाले जानते थे कि वह महाराज के खिलाफ आन्दोलन में भाग लेता रहा है। लेकिन सरदार मुहम्मद जिलानी का मकान कस्बे के इसी भाग में था।

लेकिन इस बात का भी क्या भरोसा कि मकान में जाना सुरक्षित होगा, क्योंकि अगर वह सब दुरुस्त है जो बाबू इशहाक ने पट्टन में बताया था तो बारामूला का यह बड़ा ज़मींदार गद्दारों का सरगना है। ज़मींदार गुलाम निर्बल निश्चय का अनुभवहीन अत्यन्त भावुक और गरज़िम्मेदार लाडला लड़का है। यह ठीक है कि वह डोगरा शासन के विरुद्ध संघर्ष में आर्थिक सहायता देता रहा है। लेकिन पिता के डर ने उसकी विद्रोही भावनाओं को कुंठित कर दिया होगा। यह नहीं कहा जा सकता कि वह अब भी अपने व्यापार के सांझी मुरातिबअली के प्रभाव में होगा। मुरातिब से तो अधिक प्रभाव उस बौने और महत्त्वाकांक्षी वकील अहमदशाह का होगा, और उसके बारे में मकबूल सुन चुका था कि वह पाकिस्तानियों से मिल गया है। मगर गुलाम उसका भी दोस्त था। वह शायरी शौक से सुना करता था।

वह फिर कॉन्वेंट की ओर लौट पड़ा। कस्बे के बाहर वाले मैदान में एक टूटा हुआ तांगा खड़ा था। वह उसके पीछे छिपकर अपनी योजना स्थिर करने लगा।

मगर ज्योंही वह रुका, उसे लगा कि उसके मस्तिष्क से सब विचार उड़ चुके हैं। अब उसके पास सिर्फ एक धड़कता हुआ दिल है।

यह बड़ी अजीब बात थी कि जब कोई चलते-चलते रुक जाए तो उसे अपना भय और घना होता जान पड़े। कुछ भी देखने और सुनने से मकबूल के शरीर में बिजली का धक्का-सा लगता था।

उसने घोड़ों की हिनहिनाहट सुनने के लिए कान लगाए; लेकिन वहां पूर्ण निस्तब्धता थी।

एकाकीपन असह्य हो उठा और उसकी भयंकरता से बचने के लिए उसे खांसना पड़ा।

उसे चलना चाहिए, लेकिन किधर ?...

उत्तर मिला, मुरातिब का मकान सबसे बेहतर है, और उसका

अपना मकान भी नज़दीक ही पड़ोस में है।

घर के निकट पहुंचने का विचार उतना ही उत्साहवर्धक था जितना कि मुरातिब की उदारता का विचार। इस व्यापारी की राय चाहे कितनी ही छिछली हो, पर उसका हृदय विशाल था। सवाल यह था कि कोई सिपाही उसे न देख ले अथवा रास्ते में किसी जान-पहचान के व्यक्ति से भेंट न हो जाए...उसकी अपनी गली से भी मुरातिब के घर पहुंचा जा सकता था।

लेकिन खतरनाक बात तो नदी का पुल पार करके उसके अपने घर के निकटवाले बड़े बाज़ार तक पहुंचना था।

दूसरा रास्ता यह था कि करबे के पूर्व की ओर खेतों में जो सूखी तलैया है उसे पार करके अपनी गली में जाए। इसके लिए ज़रूरी था कि पट्टनवाली सड़क पर आधा मील पीछे हटकर पहले दरिया पार करे।

उसने आगे बढ़ना शुरू किया जिससे चिंता कुछ कम हो गई।

वह चन्द कदम गया होगा कि चुंगी की तरफ से 'अल्लाहो अकबर ! अल्लाहो अकबर !' के नारे सुनाई दिए।

निस्सन्देह नारे पाकिस्तानी लगा रहे थे। उसने महसूस किया कि मुख्य बाज़ार में न जाना दानिशमंदी की बात थी। लेकिन अगर वे इस इलाके में एकत्रित हैं तो वह नदी का पुल पार करके अपनी गली में पहुंच सकता है।

'अल्लाहो अकबर' के नारे बराबर लग रहे थे और उनका तीखा स्वर मकबूल की आत्मा में कंपकंपी भर रहा था। यह ऐसा भय था जिससे वह कांप उठा था। वह अपने-आपको संयत करने के लिए रुका ताकि यह भावना कायरता न बन जाए।

'मकबूल !...' वह स्वयं ही बड़बड़ाया।

उसे फासले का एक अस्पष्ट-सा ध्यान आया जो पुल पार करते

समय उसे तय करना होगा। देख लिए जाने के भय से बचने के लिए और भय को कायरता बनने से पहले संयत करने के लिए उसने तुरन्त निश्चय किया कि फिर घास-फूंस के अंबार में जा छिपे।

लेकिन मुड़ते ही जान पड़ा कि उसे वह दूर छोड़ आया है।

मौसी राहती की साइकल ही उसे वहां पहुंचा सकती है।

और यह बिना सोचे कि मौसी उसे अपनी साइकल इस्तेमाल करने देगी या नहीं, वह लौट पड़ा।

जब वह कॉन्वेंट की ओर जा रहा था और बस चलने के अतिरिक्त उसके मन में कोई विचार नहीं था, सहसा एक चिनार के वृक्ष के पत्तों में हल्की-सी सरसराहट हुई। वह चौंका; पर दूसरे ही क्षण एक पक्षी को गाते सुना। तब उसे महसूस हुआ कि यह तो कोयल थी जिसने उसे डरा दिया था।

'क्या मैं साइकल ले जाने के लिए मौसी से आज्ञा लूं या न लूं?' वह चलते-चलते बुदबुदाया। कारण यह कि मस्तिष्क को व्यस्त रखने के लिए कोई विचार चाहिए था, खाली रखने से भय के भर जाने की आशंका थी। उसने कुछ भी तय नहीं किया, सिर्फ सवाल को मंत्र की तरह दोहराता रहा।

फतह, जो अहाते के दरवाज़े पर पहरा दे रहा था, फिर चीखता हुआ दौड़ा, "मुझे बचाओ, मुझे बचाओ!"

मकबूल उसके पीछे भागा और उसे पकड़कर झिंझोड़ते हुए बोला, "हातो, मैं मकबूल हूं!"

मकबूल उसे छोड़कर बरामदे की ओर बढ़ा। लेडी-साइकल उसे दरवाज़े पर पड़ी मिली। वह ज़ोर से बोला, "मौसी राहती, मैं तुम्हारी साइकल ले जा रहा हूं।"

और वह उत्तर की अपेक्षा किए बिना ही चढ़कर चल दिया।

बाद में उसने अपने-आपको अपराधी-सा महसूस किया कि शायद

मौसी को सलाम के लिए कोई चीज़ लेने बाज़ार जाना पड़े। फिर ध्यान आया कि कस्बे पर तो उनका कब्ज़ा है जिन्होंने कॉन्वेंट को लूटा है। उसने समझ लिया कि मौसी को साइकल की ज़रूरत नहीं।

साइकल पर चढ़ने की देर थी कि उसे अपने पर भरोसा महसूस हुआ। कॉन्वेंट से उसके अपने घर तक लगभग एक मील का फासला था। इसमें से आधा चिनार के पेड़ों के झुंड में एकदम सुरक्षित था। और दूसरा आधा एक पगडंडी थी जहां कस्बे के मकान दलदलों, जोहड़ों और गढ़ों में खत्म हो गए थे।

झुंड में सूखे पत्तों पर से एक मरियल-सा कुत्ता भौंका, वह एक बार फिर चौंका और उसके रोंगटे खड़े हो गए। लेकिन कुत्ता उससे भी अधिक डर गया जान पड़ता था क्योंकि वह चिल्लाता हुआ भाग गया।

ज़रा ऊपर चिनार के पेड़ों पर बत्तखें मंडरा रही थीं। उसने झांककर देखा कि पहाड़ियों पर सूरज चढ़ आया था और उसकी किरणें उनके पंखों को छू रही थीं। यह सोचकर कि कवि के सपनों की इस सुन्दर भूमि की हमलावरों ने एकाएक क्या दशा बना दी है, उसके होंठों से आह निकल गई और उसने कश्मीर के प्रसिद्ध कवि 'मजरूह' के शब्द दोहराने शुरू किए।

किसी पीर के उजड़े हुए मजार के पास बने एक चबूतरे पर उसने आधा दर्जन आदमी देखे। शक्ल से वे हमलावर थे। उनकी आंखें बन्द और चेहरे पश्चिम की ओर थे। वे नमाज़ के लिए सजदे में झुके हुए थे।

क्या वे नमाज़ छोड़कर उसे पुकारेंगे?

उसका दिल ज़ोर-ज़ोर से धड़कने लगा। चेहरे का रंग पीला पड़ गया और आंखें धुंधला गईं।

वे छहों आदमी बांहें छाती पर बांधे उठे और इधर-उधर नहीं

देखा। वे नमाज़ पढ़ने में लीन थे।

वह बच गया।

यह तो चमत्कार था कि उनमें से कोई भी चल-फिर नहीं रहा था या नमाज़ की तैयारी में नहीं बैठा था। ज्योंही वह मज़ार से गुज़रकर मछियारों की झोंपड़ियों की ओट में पहुंचा तो उसे इसपर हैरत हुई कि ये बर्बर लोग भी नमाज़ पढ़ रहे हैं, जबकि पिछली रात लूट रहे होंगे और शायद इन्होंने कत्ल भी किए होंगे। सम्भव है कि हमलावरों में ये छः व्यक्ति सज्जन हों। शायद वे जिहाद में विश्वास रखनेवाले सरलहृदय कट्टर बर्बर हों और उन्हें बताया गया हो कि यह भी जिहाद है—मज़हब की लड़ाई है। उनकी नमाज़ महज़ उट्ठक-बैठक है और वे अरबी के शब्द बिना मतलब समझे दोहरा रहे हैं। यह सवाल कि खुदा है या नहीं, उसे हमेशा परेशान रखता था। निरपराधों की हत्या ने सिद्ध कर दिया था कि खुदा का कोई अस्तित्व नहीं। फिर भी शायद अल्लाह ने उसे बचाया हो।

खुदा को संदेह का लाभ दिया जा सकता था, क्योंकि नदी के किनारे तीन बजरे खूंटियों से बंधे हुए थे। धार भा अधिक चौड़ी नहीं थी और सड़क पर नितांत निस्तब्धता थी।

नदी को सुरक्षित पार कर लेने का अवसर देखकर उसके पेट में गड़बड़ शुरू हो गई। पित्त का लौंदा मुंह में आ गया।

अजीब बात है कि जब आदमी कुछ करने का निश्चय करता है तो शरीर के भीतर छिपी दुर्बलता अपना प्रभाव दिखाती है।

उसने पित्त थूक दिया।

तब उसने साइकल को सबसे छोटी नाव में रखा और खूंटे से रस्सा खोलने के लिए पलटा।

चप्पू ! चप्पू ! चप्पू कहां है ?

यह महसूस करके कि मछियारे अपने चप्पू कभी छोड़ नहीं जाते, उसका दिल बैठ गया।

उसने निश्चय किया कि वह नदी के बहाव की ओर नाव अपने हाथों से धकेलकर ले जाएगा। और इस प्रकार नीचे की ओर एक मील से भी कम चलने पर कस्बा शुरू होने से पहले ही वह कोई सौ गज़ के करीब नदी के दूसरे किनारे की ओर जा चुका होगा।

धार तेज़ थी और वह घबराया।

हताश होकर उसने साइकल को नाव के एक सिरे पर पानी में झुका दिया और उसके ढांचे से खेना शुरू किया। पहिये छलनियों की तरह थे; लेकिन नीचे का भाग काम दे रहा था और नाव धीरे-धीरे दूसरे किनारे की ओर बढ़ रही थी।

फासले को देखकर उसका जी चाहता था कि दुआ करे। लेकिन धार तेज़ थी और दुआ के सफल होने की कोई आशा नहीं थी। तब किसीके प्रति कृतज्ञता कैसी ?

उसने अपना धड़ झुकाकर बांहें ज़ंजीर के पहिये से मिला दीं।

यह तरीका अधिक सफल रहा।

वह नाव को बराबर धकेल रहा था।

तेज़ धार उसकी सहायता कर रही थी। आधा मील चलकर नाव ने तीन-चौथाई फासला तय कर लिया था।

उसे बस इतना ही करना था कि लेटा रहे और ठिठुरी हुई बांहों को साइकल के चौड़े भाग से मिलाए रखे और खतरे से बाहर निकल जाए।

समय अनन्त जान पड़ता था।

पुल से एक फर्लांग पहले ही उसकी नाव ने एक छोटे छिछले नाले में प्रवेश किया, जिससे उसे ओट मिल गई। इसके अलावा वहां कूड़े का एक ढेर था, जिसपर वह साइकल लेकर चढ़ सकता था।

ज्योंही उसने कूड़े के ढेर को पार किया उसका मुंह फिर पित्त से भर गया। इस बार इसका कारण आंतरिक गड़बड़ के अलावा दुर्गंध भी थी।

उसे लगा कि कूड़े के ढेर पर चढ़ना उसने जान-बूझकर स्वीकार किया है। शायद यह आवश्यक भी था, क्योंकि इस्लाम कहता है कि आदमी को पाक (पवित्र) होने से पहले गिलाज़त में से गुज़रना चाहिए। वह अब यही कुछ तो कर रहा था। अगर वह लिखने के लिए जीवित रहा तो उसकी कविता का मूल-भाव यही होगा। अब तक जैसे वह रोमांसवादी कविता के बारे में करता रहा है, वह इस मलिनता के किसी भी पहलू को नहीं भूलेगा। 'जिगर' की तरह वह भी अपनी जन्मभूमि के इस विनाश और निराशा से पलायन करना चाहता था। उसके इर्द-गिर्द बांझ आत्माओं ने और उसके गरीब माता-पिता ने जो कुछ देखा है उसके बाद वे उसके शब्दों की झंकार को समझ पाएं। और वे इसे किस्मत का लिखा समझकर स्वीकार करने के बजाय फुंकार उठें।

वह सड़क पर जा पहुंचा।

वह झट साइकल पर सवार हो गया।

इस समय वह अपने-आपको बहुत स्पष्ट अनुभव कर रहा था, जैसे खतरों के सम्मुख उसकी जानकारी ने व्यापक चेतना का रूप धारण कर लिया हो—बूंद-बूंद उसकी इन्द्रियों में प्रवेश करके उन्हें ऐसे धरातल पर पहुंचा दिया हो जहां उसे विनाश के कारणों का स्थायी और सूक्ष्म ज्ञान प्राप्त हो गया हो।

उसकी पीठ-पीछे सूरज चढ़ता चला आ रहा था, चाहे गली से जो झोंके आ रहे थे वे बहुत ही ठंडे थे।

ठीक उसकी गली के सामने लकड़ी के मकानों की छाया में जो बड़ा

पोखरा था, उसके कारण उसे साइकल से उतरना पड़ा।

ज्योंही वह साइकल से उतरा, उसकी नज़र जुमा, कादिर और सलीम पर पड़ी। ये तीनों भाई मुरातिब के दरी के कारखाने में काम करते थे और अलादीन कुंजड़े के सब्ज़ी के खेत के पास एक छोटे-से कमरे में रहते थे। उन्होंने भी उसे देख लिया। इससे पहले कि वह उन्हें चुप रहने को कहे उन्होंने अपनी निरीहता में बड़े ज़ोर से 'सलाम-अलैकुम' कहकर उसका स्वागत किया।

"अरे मकबूल !...तुम कहां थे? वे (लुटेरे) सब जगह छा गए... क्या वे श्रीनगर भी पहुंच गए ?..."

मकबल ने चुप रहने का संकेत किया और जिस कीचड में से वह गुज़र रहा था उसपर से फिसलते-फिसलते बचा। पर उसके समझाने का कुछ लाभ नहीं हुआ। भय से सहमी हुई औरतें बाहर निकल आईं और मुस्कराकर स्वागत करने लगीं, "सलाम-अलैकुम !"

"अलैकुम !" मकबूल ने धीरे से उत्तर दिया और उन्हें चुप कराने के लिए हाथ ऊपर उठाया।

"मकबूल ! उन्होंने दरी का कारखाना लूटकर उसे आग लगा दी।" जुमा, कादिर और सलीम की बूढ़ी मां ने कहा, "इब्लीस के बेटे !...वे यहां भी आए थे। लेकिन मैंने जब डांटा तो चले गए।..."

"अम्मां," वह भी उस चबूतरे पर चढ़ आया जिसपर वे खड़े थे, "हमें सब्र करना होगा।..."

"सन !" वृद्धा चिल्लाई, "उन्होंने वह कारखाना जला दिया जिससे हमें रोजी मिलती थी; और तुम हमें सन्न करने को कह रहे हो...तुम सबको हो क्या गया है ?"

"मां !.. मां..." बेटों ने उसे चेतावनी दी, "मकबूल..."

"तुम सब डरपोक हो !" बुढ़िया इतने ज़ोर से चिल्लाई कि दरवाज़े के बाहर कूड़ा कुरेदती हुई मुर्गियां उड़ गईं।

"मैं जाकर मुरातिबअली से मिलता हूं।" मकबूल ने कहा, "क्या ख्याल है, वह घर पर होगा?"

"वह लंठ क्या करेगा?" बुढ़िया ने मुंह बनाकर कहा, "वह हाथ पर हाथ धरे घर में बैठा रहा और फैक्टरी लुटती रही।"

"मां, इतना शोर मत करो।" जुमा फिर बोला, "पाकिस्तानियों को अपने घरों के लिए दरियों की ज़रूरत थी..."

"पागल, तुम्हें मालूम नहीं!" बुढ़िया ने अपनी बाईं आंख झपकाकर कहा, "मेरी आवाज़ मकबूल के घर पहुंचने तक उन हैवानों को दूर रखेगी!"

मकबूल जब चला तो उसके होंठों पर मुस्कराहट आ गई। मुरातिबअली का बड़ा मकान इस कूचे के अन्त पर बड़ी गली में था।

जब मकबूल मुरातिबअली की बैठक में पहुंचा तो उसका दिल ज़ोर-ज़ोर से धड़क रहा था। नौजवान कारखानेदार अंग्रेज़ी स्टाइल की आरामकुर्सी में बैठा हुक्का गुड़गुड़ा रहा था। उसने मकबूल की ओर ऐसी मुद्रा से देखा जिसमें भय और प्रसन्नता दोनों का मिश्रण था। कुछ देर दोनों में से कोई कुछ नहीं बोला, क्योंकि मकबूल की सांस फूल गई थी जबकि घर का मालिक इस 'नेशनलिस्ट' के सहसा आ जाने से चकित था।

"तुम लौट क्यों आए? गले में फंदा डालने के लिए?" आखिर मुरातिबअली ने कहा।

मकबूल ने कोई उत्तर नहीं दिया, बल्कि उसके निकट रखी बेंत की कुर्सी पर बैठ गया। उसकी सांस अब भी फूली हुई थी।

"हालात खतरनाक है! तुम यहां से भाग जाओ!"

"मुझे गली के नुक्कड़ पर संतरी मिला था। मैं उसके पास से यों गुज़र आया जैसे काम से जा रहा हूं। तब दौड़कर सीढ़ियां चढ़ा..."

"लगता है तुमने अपनी जान बड़ी बहादुरी से हथेली पर रख ली है। अगर संतरी तुम्हें रुकने को कहता?"

"खतरा तो मोल लेना ही पड़ता है।" मकबूल ने उत्तर दिया।

"मकबूल भाई, तुम क्या समझते नहीं!" मुरातिब ने दबे स्वर में भर्त्सना की।

"मुझे हमारे लीडरों ने भेजा है।" उसने यह सोचकर कहा कि 'लीडर' का प्रभावशाली शब्द ही मुरातिब की दृष्टि में उसके व्यवहार का औचित्य सिद्ध करेगा जैसे महमदू की दृष्टि में किया था। साथ ही उसे यह आशंका थी कि कहीं अपने आगमन को 'लीडरों' के साथ जोड़ देने को मुरातिब अहंकार न समझ ले। उसने महसूस किया कि इस सम्बन्ध में अहंकार का पहलू तो है; पर मुरातिब का उससे ऐसी आशा रखना मूर्खता होगी।

"हालात हमारे लीडरों के काबू से बाहर हैं।" मुरातिब ने कहा। तब वह खिन्न मुद्रा बनाकर हुक्के के कश खींचने लगा। दरअसल वह अपना आंतरिक भय छिपा रहा था। चूंकि वह दूर देख रहा था इससे जान पड़ता था कि वह मकबूल के आने से प्रसन्न नहीं है।

वे दोनों चुप थे और हुक्के की गुड़गुड़ाहट बढ़ती जा रही थी।

खामोशी जब सह न पाया तो मुरातिब ने कहा, "मकबूल, अगर तुम्हारी बजाय मैं होता तो जान खतरे में न डालता।"

"लेकिन आप मकबूल नहीं हैं।" मकबूल को अपने स्वर में गर्व महसूस हुआ और उसे विनम्रता में बदलने का प्रयत्न किया, "मैं तो हुक्म मानकर आया हूं...उसूल के तौर पर मैं यह भी महसूस करता हूं कि अगर हम अपने इन मुस्लिम भाइयों से भी आज़ाद होना चाहते हैं, जैसे महाराजा से होना चाहते थे, तो हमें लड़ना चाहिए..."

कहने के बाद उसे दम्भ का आभास हुआ, विशेषकर इसलिए कि उसने मुरातिबअली के होंठों पर विक्षुब्ध मुस्कान देखी। उसने गरदन

झुका ली। वह विनय दर्शाना चाहता था ताकि मुरातिबअली उसकी स्थिति को बिना कुछ कहे ही समझ ले और उसे प्रोत्साहित करने के लिए वह अपने भीतर बल का संचय कर सके। "उसूल !" मुरातिब ने दांत से होंठ चबाकर कहा, "उसूल की हिफाज़त के लिए हथियार कहां हैं ?"

मकबूल ने महसूस किया कि अगर हमलावरों के खिलाफ लड़ने के लिए हमारे पास हथियार होते तो मुरातिब भी उसूल का समर्थन करता।

"हिन्दुस्तानी फौज..." उसने ऐसे स्वर में कहा जिससे कुछ अंश में अभिलाषा प्रकट होती थी।

मुरातिब ने सिर्फ सिर हिलाया। उसका चेहरा सुर्ख पड़ गया और वह हुक्का एक ओर सरकाकर बोला :

"तुम्हारे दोस्तों ने मुल्क के बंटवारे को मंजूर करके उसूलों से गद्दारी की है। अब उनकी लादीन (धर्मनिरपेक्ष) रियासत कहां है ? और उन्होंने 'फूट डालो और हुकूमत करो' में यकीन रखनेवालों को मुल्क पर छा जाने का मौका दिया है।...अब अगर वे हमारी मदद को आएं भी तो इससे कुछ हासिल नहीं होगा..."

"लेकिन पाकिस्तान में हमारे इन हम-मज़हबों ने तो अपनेआपको बिलकुल बेच डाला है।" मकबूल ने अपने क्रोध को दबाते हुए कहा, "यह तुम्हें भी मालूम है...पाकिस्तानी फौज का कमांडर-इन-चीफ अंग्रेज़ है। क्या तुम समझते हो कि वे उसकी इजाज़त के बिना ही यहां आ गए ?"

"यह और भी बुरा है।" मुरातिब ने विरक्तभाव से कहा, "तुमने शायद सुन लिया होगा कि उन्होंने मेरी फैक्टरी लूट ली..." और वह जो गर्म कश्मीरी गाउन पहने हुए था, उसपर उसने अपने हाथ पोंछे।

चाहे मकबूल उसके तीखे स्वर से चिढ़ गया था, फिर भी उसे मित्र

के प्रति सवेदना अनुभव हुई। लेकिन वह जानता था कि मुरातिब का काफी रुपया श्रीनगर बैंक में जमा है, अमृतसर और दिल्ली के बैंकों में जमा है जहां वह अपने गलीचे और शाल भेजता था। यह रुपया उसे उम्र-भर के लिए काफी है।

"जुमा और उसके भाइयों से मुलाकात हुई थी," मकबूल ने अपनी सहानुभूति उनके प्रति प्रकट करने के लिए कहा, जो उसके अधिक पात्र थे, "उनकी मां के दिल में कातिलों का ज़रा भी डर नहीं है। जब मैं उनके मकान से गुज़रा तो वह उन्हें खूब गालियां दे रही थी। बुढ़िया दिलेर है..."

"अपने इन अधकचरे खयालों को लेकर तुम भी वहीं चले जाओ !" मकबूल के उसके प्रति सहानुभूति न जताने से मुरातिब चिढ़ गया था और उसने यह भी समझ लिया था कि मकबूल ने बुढ़िया की वीरता की तारीफ करके दरअसल उसकी कायरता पर चोट की थी।

मकबूल ने मुंह से कुछ नहीं कहा; पर वह अपने मन में संतोष अनुभव कर रहा था, क्योंकि मुरातिब के भीरुपन ने उसकी कार्यनीति को सही सिद्ध कर दिया था। वह चाहे और कुछ जानता हो या न जानता हो; पर यह तो तय था कि उसके मन में दूसरों के प्रति प्रेम था। इस बीच में मुरातिबअली अपने सनकीपन के खोल में बंद रहेगा। राजनीति के बारे में उसने जो विचार प्रकट किए थे उनसे विदित था कि उसका भाग्यवाद वस्तु-स्थिति से आंखें न मिला सकने का परिणाम था।

उसने मुरातिबअली के तर माल पर पले हुए थुलथुल शरीर पर दृष्टि डाली। उसकी आंखें भूरी और बाल धुंधराले थे।

"मेरी मां और बीबी कल से रो रही हैं।" मुरातिबअली ने अपनी आंखें मकबूल से दूर हटाकर धीरे से कहा, "भाई, उनके लिए मेरी कुछ ज़िम्मेदारी है, और उसे मैं दूसरी हर बात से ज़रूरी समझता हूं..."

यह बात सुनकर मकबूल समझ गया कि मुरातिबअली स्वार्थ की सीमित परिधि में घूम रहा है। महमदू ने उसे सहज बुद्धि का प्रयोग करना सिखा दिया था। "मेरी भी मां है, बहन और बाप हैं।" मकबूल ने उत्तर दिया। पर कह देने के बाद उसे अफसोस हुआ कि उसने कैसे छिछली और बच्चों जैसी बात कही है—इस व्यक्ति की स्वार्थान्धता के मुकाबले में उसने अपना भय की दीमक द्वारा चाटा हुआ थोथा अहं रख दिया।

"और मैं नहीं समझता कि तुम उनसे मिले होगे।" मुरातिबअली ने व्यंग्य किया, "तुम चलते समय उन्हें यह भी नहीं बताकर गए कि तुम कहां जा रहे हो। वे बेचारे बेहद परेशान हैं। नहीं जानते कि तुम मर गए, या क्या हुआ!"

मकबूल इस आरोप से लज्जित और अप्रतिभ हो गया। लेकिन दूसरे ही क्षण उसने महसूस किया कि मुरातिबअली बात को बढ़ा रहा है, क्योंकि वह अपनी बहन को सब कुछ बता गया था। कम से कम नूर तो परेशान नहीं होगी। वह अच्छी लड़की है और भाई पर उसे विश्वास है। उसने मां-बाप को यह नहीं बताया होगा कि वह कहां गया है; पर यह आश्वासन तो अवश्य दिया होगा कि वह जीवित है...और वे समझ गए होंगे। वह अक्सर राजनीतिक कार्य के सिलसिले में देहात में चला जाता था और दिनों-हफ्तों घर से बाहर रहता था, इससे उन्होंने यह तथ्य स्वीकार किया था कि बेटे ने जनसेवा के लिए जीवन अर्पित कर दिया है। निश्चित रूप से उसके मन में परिवार के प्रति वह भावुकता नहीं थी जो मुरातिब महसूस कर रहा था। अच्छी-बुरी जो भी हो, यह एक हकीकत थी।

"मैंने नूर को बता दिया था कि मैं श्रीनगर जा रहा हूं।" उसने धीरे से कहा। थोड़ा रुककर बोला, "कभी-कभार आदमी को ऐसे काम करने होते हैं कि करीबी रिश्तेदारों को भी नहीं बताता..."

"अच्छा हातो, तुम बड़े बहादुर हो?" मुरातिब ने झुंझलाकर कहा।

उसके उपहास के स्वर से मकबूल बिलबिला उठा; लेकिन चुप रहा। उसने अपने मन में सोचा कि यह उसकी अपनी मूर्खता का दंड है। इस व्यक्ति से, जिसकी आत्मा सोने-चांदी में मढ़ी हुई है और जो सामाजिक सुविधाओं और पारिवारिक बंधनों में जकड़ा हआ है, वह ये सब चीज़ें महज़ नारीं और सपनों के लिए कैसे त्याग देगा। वह सिर झुकाकर चुप बैठ रहा।

"दरअसल बात यह है..." मुरातिब ने बात शुरू की लेकिन अधूरी छोड़ दी।

मकबूल ने उसके चेहरे से समझ लिया कि अपने घर में उसकी मौजूदगी मुरातिब को पसन्द नहीं है।

"मैं जाता हूं।" उसने एकदम कुर्सी से उठकर कहा।

अब मुरातिब 'नहीं, नहीं' कहता उसकी तरफ लपका और उसे छाती से लगाकर और आंखों में आंसू भरकर बोला, "मकबूल, मुझे मुआफ कर दो। मैं बुज़दिल हूं। मैं वाकई यह नहीं चाहता कि तुम जाओ..."

"मैं समझता हूं।" मकबूल ने उसे सांत्वना दी। और उसी निर्लेप उष्णता से, जो औपचारिक आलिंगन में होती है, उसने अपना धड़ मकबूल की छाती से मिलाया। आंतरिक भावना, जो मकबूल अपने मन में महसूस नहीं कर पाया था, वह व्यक्तिगत स्नेह से मुरातिब में पैदा हो गई। और मुहब्बत के वे सोते फूट निकले जो उसके भीतर छिपे हुए थे।

"मकबूल, मैं जानता हूं कि हमारे वतन में तब तक अमन नहीं होगा जब तक हम उनसे लड़ेंगे नहीं।...मैं दिल ही दिल में कुढ़ रहा हूं ...लेकिन हम लाचार हैं। हरएक डर से सहम गया है और मैं बुज़दिल बन गया हूं..."

"नहीं, नहीं, भाई।" मकबूल ने उस आलिंगन से अलग होते हुए कहा, "हम सभी डर जाते हैं। फर्क सिर्फ यह है कि अगर हम खौफ को रूह पर कब्ज़ा कर लेने दें तो बुज़दिल बन जाते हैं। और आज हम जिस हालत में हैं उसमें किसीके भी बुज़दिल बन जाने का इमकान (संभावना) है..."

"शायद ऐसा ही हो। लेकिन मैं शायर नहीं हूं और मैं ये सारी बातें नहीं समझता।" मुरातिब ने कुर्सी के बाज़ू पर बैठते हुए कहा। उसने अपना चेहरा हाथों से ढांप रखा था, "हमारा दोस्तों का जो एक हलका (दायरा) था वह टूट गया...तुम इस बात को शायद नहीं मानोगे...मैं डर गया हूं...गुलाम बाप के हुक्म के बिना तिनका नहीं तोड़ सकता। सिर्फ एक ही शख्स उसे अच्छा मशविरा दे सकता था, और वह तुम्हारा चालाक दोस्त अहमदशाह वकील था। मेरी मुखालिफत के बावजूद तुम उसका यकीन करते रहे। वह पाकिस्तानियों से जा मिला..." इतना कहकर उसने अपना दायां हाथ माथे पर फेरा, जैसे भय को चेहरे से भगा रहा हो।

"अहमदशाह के बारे में मैं वाकई बेवकूफ बना रहा !" मकबूल सहमत हुआ, क्योंकि उसने महसूस किया कि वह उसकी चिकनी-चुपड़ी बातों में आ जाता था और उसका वास्तविक रूप समझने का उसने प्रयत्न नहीं किया।

"मुझे अच्छी तरह याद है..." मुरातिब बोला, "कि जब तुमने उसे नेशनल कांफ्रेंस की बारामूला शाखा का प्रेजीडेंट बनाया तब मैंने कहा था कि वह मौकापरस्त (अवसरवादी) है और तहरीक (आन्दोलन) को अपने मतलब के लिए इस्तेमाल करेगा। उसे वकालत चलाने के लिए किसी ऐसे ही ओहदे की ज़रूरत थी..."

"वकालत तो उसका पहले भी अच्छी चल रही थी।" मकबूल ने कहा। लेकिन वह महसूस कर रहा था कि उसने समझदारी से काम नहीं

लिया था। लोगों को उनकी इच्छाओं और अभिलाषाओं से परखने के बजाय वह उनके शब्दों पर विश्वास कर लेता था। "अगरचे मैं मानता हूं," उसने आगे कहा, "कि तुमने मुझसे कहा था और तुम्हारी बात सही साबित हुई...मैं यह नहीं सोच पाया कि बदले हुए हालात में उसका रवैया क्या होगा...लेकिन गुलाम के मुतल्लिक मेरा खयाल है कि चाहे वह कुछ भी करे, दिल का साफ है..."

"वह डरपोक है," मुरातिब बोला, "मुझसे भी ज़्यादा डरपोक। वह अपने बाप को नहीं छोड़ सकता जैसे मैं अपनी मां और बीवी के फर्ज़ को नहीं भूल सकता।..."

"मैं गुलाम से बात करके देखूंगा।" मकबूल ने कहा।

मुरातिब कंधे हिलाकर हंस पड़ा। मकबूल समझ गया कि उसके प्रति और उद्देश्य के प्रति मुरातिब की आत्मा में फिर भय, उपेक्षा और विरोध की अस्पष्ट भावना भर रही है। उसे विश्वास था कि यहां अधिकांश लोगों की मानसिक स्थिति यही है। दूसरी ओर खयाल आया कि श्रीनगर में उसके साथियों ने कितना जोश भर दिया है। वहां जितना उत्साह था उतना उसने कश्मीर के लोगों में पहले कभी नहीं देखा था। वही उत्साह और वही उन्माद उसे बारामूला के लोगों में पैदा करना था।

"भाई, बातों से तो कुछ बनता-बनाता नहीं !" मुरातिब ने कहा, "तुम कौन-सी तजवीज़ लाए हो ? हमें क्या करना होगा !"

"मुझे मालूम है कि तुम्हें बातों से नफरत है," मकबूल ने प्रतिवाद किया, "लेकिन मेरे पास सिर्फ आवाज़ है। हम आपस में बातें कर सकते हैं और एक-दूसरे से कह सकते हैं कि हिम्मत न हारें; इस खयाल की, कि हमपर हमारे इस्लामी भाई ही कब्ज़ा कर रहे हैं, दिल से मुखालिफत करें, उनकी स्कीमों को मलियामेट करें और श्रीनगर से मदद पहुंचने तक ज़िन्दा रहें।..."

मुरातिब ने मकबूल की तरफ देखा। उसकी निष्ठा पर उसे वाकई प्यार आया और मन में उसके साहस को सराहा। लेकिन वह उठा और उदासीनता की मुद्रा बनाए कुर्सी में लुढ़क गया। "थोड़ा-सा रुपया अगर तुम्हारे काम आ सकता है तो तुम ले सकते हो।" उसने कहा और वह अपनी मेज़ की दराज़ में से बटुआ निकाल लाया।

मकबूल ने सोचा कि रुपया लेने में कोई हर्ज नहीं, क्योंकि मुरातिब से वह इसी प्रकार की सहायता की आशा करता था। वैसे यह अच्छा ही था कि अपनी फैक्टरी नष्ट हो जाने के बावजूद वह रुपये की मदद दे रहा था। भौतिक सहायता की भी उपेक्षा नहीं की जा सकती। चाहे संघर्ष की वास्तविकता और उसकी सहानुभूति में बड़ा अन्तर था फिर भी यह बात स्पष्ट थी कि वह स्वाधीनता-आंदोलन का विरोध नहीं करेगा।

"क्या मैं गुलाम के घर जाऊं?" मकबूल ने मुरातिब से पूछा।

"इसमें खतरा है।" उसने उत्तर दिया, "अपने घर जाओ। मैं कोशिश करूंगा कि गुलाम को तुमसे मिलने का पैगाम भिजवा दूं..."

"तब उसे खतरा होगा।" मकबूल ने कहा।

"यह कुछ रुपया है।" मुरातिब ने उसकी ओर तीन सौ रुपये के नोट बढ़ाते हुए कहा।

मकबूल ने नोट जेब में ठूंस लिए और उसकी ओर देखे बिना ही तनिक सकुचाते हुए हाथ मिलाया और चल पड़ा।

"खुदा हाफिज़!" मुरातिब ने कहा और वह कवि को जवान आकृति को हाल के अन्धेरे में नज़रों से ओझल होते हुए देखता रहा।

मकबूल जब गली में निकला तो उसने ऐसी मुद्रा धारण की जैसे वह इस हवेली ही का एक वासी हो। बड़े बाज़ार के मध्य में उसे गुलाम जिलानी के घर जाना था; लेकिन वह साइकल को ठेलता हुआ पैदल ही

चला, ताकि जब वह पाकिस्तानी संतरी के पास से गुज़रे तो वह उसे एक साधारण नागरिक समझे।

उसे यों लगा जैसे उसे किसी नायक की सी भूमिका अदा करनी हो और बाज़ार में निकलते समय उसकी जो नाटकीय स्थिति थी उसमें अब कुछ परिवर्तन आया।

गली सूनी थी। वहां सिर्फ एक पठान संतरी या और कुछ हमलावर अमीर हलवाई की दुकान के बाहर बैठे सुबह की चाय पी रहे थे।

संतरी ने चाय का गर्म-गर्म प्याला अपने होंठों से हटाया और जैसे स्वभाव ही से पलटकर उसकी ओर देखा। एक क्षण के लिए मकबूल का रक्त जम गया और भय से उसकी टांगें कांप गई। लेकिन दूसरे ही क्षण वह आत्मबल से काम लेकर मुस्कराया और ऊंची आवाज़ में हलवाई से कहा :

"अमीर, हातो, एक प्याला चाय।"

"आइए, आइए मकबुल साहब !" दुकानदार ने उसका अभिवादन किया, "क्या आप चाय के साथ कुलचा भी लेंगे ?"

"नहीं, तुम जानते हो-कि मैं सुबह की पहली चाय के साथ कुछ खाता नहीं।" कहने का अभिप्राय यह जताना था कि वह इस दुकान पर रोज़ आता है। वह जानता था कि 'मकबूल' नाम से, जिससे अमीर ने उसे पुकारा है, पाकिस्तानियों को संदेह होने की संभावना नहीं थी।

अमीर ने चाय बनाते हुए उसे कनखियों से देखा जबकि मकबूल ने अपनी साइकल उस बेंच के सहारे खड़ी कर दी जिसपर पाकिस्तानी बैठे थे और आप उसकी गद्दी पर झुककर खड़ा रहा।

"चाय नमक की लोगे या चीनी की ?" अमीर ने पूछा।

मकबूल चौंका, क्योंकि इस सवाल से भेद खुलता था। अगर वह

हर रोज़ का गाहक होता तो अमीर निश्चय ही उसकी रुचि की चाय बिना पूछे बना देता। सौभाग्य से अमीर ने यह सवाल कश्मीरी में पूछा था।

"सभी कश्मीरी नमकीन चाय पीते हैं।" मकबूल ने तुरन्त पंजाबी में उत्तर दिया ताकि पाकिस्तानियों को संदेह न हो कि वे एकदूसरे से कश्मीरी में कोई खास बात कर रहे हैं।

अमीर को अपनी भूल महसूस हुई और स्थिति को संभालते हुए कहा :

"हमारे मेहमान चीनी की चाय पसन्द फरमाते हैं।'

"मेरी समझ में नहीं आता कि तुम कश्मीरी नमकीन चाय कैसे पी लेते हो !" संतरी ने सरहदी पंजाबी के टूटे उखड़े स्वर में कहा।

"बेवकूफ लोग !" एक और पठान ने सिर हिलाते हुए कहा। उसके स्वर में घमंड और घृणा ध्वनित होती थी।

"वैसे तो वे भी हमारी तरह मुसलमान हैं।" संतरी बोला, "सिर्फ लम्बे अरसे से काफिरों के साथ रहते आए हैं..."

"हिंदू महाराजा गोरी मेमों का बड़ा शौकीन है !..." एक दूसरे हमलावर ने कहा, "कहते हैं कि जब विलायत में कुछ लोगों ने उसे रंगे हाथों पकड़ लिया तो इस बेवकूफ ने उन्हें करोड़ों रुपया दिया..." और उसने अपने साथियों की तरफ देखकर आंख झपकाई।

वे सब हंसने और मुस्कराने लगे।

मकबूल भी मुस्कराया। लेकिन उनकी बातों के प्रति अपनी अवज्ञा को उसने हलवाई से चाय का प्याला पकड़ने में छिपाया।

जब वह सीधा खड़ा हुआ तो साइकल का हैंडल घूम गया और चाय का प्याला उसके हाथ से गिरते-गिरते बचा।

"लोहे के घोड़े को परे रख दो और यहां बैठ जाओ।" संतरी ने कहा।

मकबूल ने मशविरा मान लिया। अप्रिय स्थिति से बचने का यह सहज उपाय था।

चाय बहुत गर्म थी और उसने कश्मीरियों के खास ढंग से उसे फूंक-फूंककर ठंडा करना शुरू किया। प्याले पर अपना सिर झुका होने का लाभ उसने यह उठाया कि चोरी-चोरी दुश्मनों के चेहरे को ध्यान से देखा। वे सब तांबे की तरह सुर्ख थे। उसमें से सिर्फ एक का रंग गोरा, आंखें नीली और गाल सेब की तरह लाल थे। उनकी कमरों में कारतूसों की पेटियां बंधी थीं। पर उनके कपड़ों में पसीने की बदबू भरी थी जो हवा के झोंकों के साथ उसके नथुनों की ओर आ रही थी।

उन्होंने भी इस बात को भांप लिया कि वह पढ़ा-लिखा और महत्त्वपूर्ण व्यक्ति है। अतएव संतरी ने अपने पंजाबी स्वर को यथासंभव विनम्र बनाकर पूछा :

"कश्मीरी इस कदर ज़नाने क्यों हैं ? तुम्हारे पास भी लोहे का ज़नाना घोड़ा है ?... क्यों ?"

"मेरे पास मोटरसाइकल है ?" मकबूल ने कहा, क्योंकि वह जानता था कि इससे उसकी पोज़ीशन एकदम ऊंची हो जाएगी, "लेकिन पेट्रोल ही नहीं मिलता...इसलिए मैं अपनी हमशीरा (बहन) की साइकल मांग लाया हूं।"

अमीर की भौंहें तन गईं। वह इस झूठ का खंडन करना चाहता था; पर उसने अपने-आपको ठीक समय पर रोक लिया।

मकबूल ने झटपट चाय खत्म की, क्योंकि वह अगर अधिक समय वहां ठहरा तो बातचीत शायद उसके लिए अधिक कठिन हो जाए।

"इस मामले में वे भी हम जैसे हैं—वे खौलती गर्म चाय पीते हैं।" लाल गालों वाले पठान ने कहा।

"और वे नान और कुलचा खाते हैं।" एक दूसरे ने कहा।

"पर वे गंदे बहुत हैं।" एक और ने कहा, "मैं जिस घर में हूं उसके पाखाने में जाना ही बड़ा मुश्किल है...तोबा !...तोबा !"

"बिलकुल ठीक ! बिलकुल ठीक ! बिलकुल ठीक !" सबने सस्वर कहा और हंसने लगे।

"लाहौल-वल्ला ! सुबह-सुबह गंदगी की बातें !" संतरी ने इस अपवित्र वार्ता की निन्दा की।

मकबूल चाय पीते-पीते मुस्करा रहा था। जब उसने इसे सुड़ककर खत्म कर लिया और अमीर को पैसे चुका दिए तो हमलावरों की ओर देखकर एक लम्बी 'सलाम-अलैकुम' ठोकी। तब वह सलवार फड़फड़ाते हुए साइकल पर चढ़ गया।

"ये हमारे एक लीडर हैं।" मूर्ख अमीर ने कहा।

मकबूल सुनने के लिए रुका नहीं, बल्कि जोर से पैडल मारता हुआ गुलाम जिलानी के मकान तक एक फर्लांग का फासला तय कर गया। दूसरी गलियों के नुक्कड़ पर खड़े संतरियों ने उसे गुज़रते देखा। लेकिन उन्होंने उसे हलवाई के दुकान के बाहर अपने साथियों के पास भी बैठे देखा था।

उसने अभी आधा ही फासला तय किया था कि अमीर की दुकान पर बैठे हमलावरों ने संतरियों को पुकारना शुरू किया।

उसने साइकल और तेज़ कर दी।

उसने पलटकर नहीं देखा, बल्कि तेज़-तेज़ भागता रहा। समझ गया कि उन्हें उसका अता-पता मिल गया है। लेकिन उसकी आंखें यों खुली थीं जैसे गहरे चिंतन में हों और मुंह में पराजय की कटुता भरी थी। गुलाम जिलानी का घर उसे मृग-मरीचिका की भांति दिखाई दे रहा था। उसने थूककर खांसा और गली में जा घुसा जिसमें मकान का दरवाज़ा खुलता था। भाग्य से किवाड़ खुले थे और बूढ़ा दढ़ियल नौकर इबिल चारपाई पर बैठा हुक्का पी रहा था।

"मकबूल !" बूढ़े ने स्नेह से उसका स्वागत किया, क्योंकि वह जानता था कि गुलाम और वह बचपन के साथी हैं।

"बोलो मत !" मकबूल ने चेतावनी दी।

और वह साइकल उठाकर ऊपर सीढ़ियों पर चढ़ गया। इबिल की सांस ऊपर की ऊपर और नीचे की नीचे रह गई। उसने खतरे को भांप लिया था, क्योंकि वह जानता था कि मकबूल बहुत जोशीला है।

मकबूल ने जब गलीचों और गावतकियों से सजे हुए कश्मीरी ढंग के एक बड़े ड्राइंग-रूम में प्रवेश किया तो गुलाम जिलानी एक लम्बे सुन्दर अजनबी, और वकील अहमदशाह के लिए चाय बना रहा था। तीनों आदमियों में से कोई भी उसके जाने पर उठा नहीं; लेकिन सबने एकसाथ उसकी ओर देखा। गुलाम विक्षिप्त और विस्मित हुआ, अहमदशाह ने घृणा से होंठ सिकोड़ लिए और कम्बल ओढ़े हुए अजनबी एकटक देखता रहा। "आओ, आओ!" गुलाम ने शिष्टता का अभिनय किया, "आओ, नाश्ता करो..."

उसने जान-बूझकर उसे नाम से नहीं पुकारा। मकबूल ने समझ लिया कि उसका मित्र अजनबी से, जो शायद आक्रमणकारी सेना का कोई बड़ा अफसर है, बचाव कर रहा है।

"खुरशीद साहब!" अहमदशाह ने परिहास के स्वर में बात शुरू की, "आप मुहम्मद मकबूल शेरवानी हैं..."

अजनबी ने तनिक सिर हिलाया ; लेकिन होंठों पर अहं का भाव बनाए स्थिर रहा।

मकबूल समझ गया कि खुरशीद अनवर उसे कश्मीरी राष्ट्रीय आंदोलन के सदस्य के तौर पर जान चुका है।

अब इस स्थिति से बचने का कोई उपाय नहीं था। अगर वह लौटकर नीचे जाए तो कबायलियों की गोली का निशाना बने, क्योंकि उन्होंने हलवाई से उसके बारे में सब कुछ जान लिया होगा। और अगर यह आदमी वाकई खुरशीद अनवर है, तो वह सीधा शेर की मांद में आ घुसा है। खैर, उसने साइकल दरवाज़े पर खड़ी कर दी और विनम्रता से सफेद दस्तरखान के किनारे आ बैठा, जिसपर नाश्ता लगाया जा

रहा था।

गुलाम जिलानी ने सिर झुकाए रखा, शायद इसलिए कि वह अपना भाव प्रकट होने देना नहीं चाहता था। लेकिन उसका गोरा लाल चेहरा गहरा लाल पड़ गया था, जिससे उसकी घबराहट व्यक्त होती थी। मेहमानों से अपनी आंखें दूर रखने के लिए वह चाय बनाता रहा। जब प्याला भर गया तो उसमें दूध और दो चम्मच चीनी डालकर उसे मकबूल की ओर बढ़ा दिया।

मकबूल ने प्याला ले लिया और सहजता का नाटक करते हुए कहा :

"मुआफ कीजिएगा, मैंने सुबह-सुबह बिना बताए आकर आप लोगों को परेशान किया..."

"तुमने आने की इत्तिला पहले कभी दी है?" अहमदशाह ने चुनौती दी, "तुम नेशनल कांफ्रेंस के कारकुन भी कम्युनिस्टों जैसे ही हो—हमेशा बड़े सरगर्म और मसरूफ (व्यस्त) !"

मकबूल के जी में आई कि इसका मुंहतोड़ उत्तर दे कि कभी तुम भी तो नेशनल कांफ्रेंस की बारामूला शाखा के प्रेज़ीडेंट थे और चुने जाने के लिए खूब जोड़-तोड़ की थी। फिर सोचा कि ऐसा जवाब देना उसके लिए उचित नहीं। वह चुप रहा।

गुलाम जिलानी का चेहरा अब हल्दी जैसा पीला था।

कुछ क्षण चारों आदमी चुपचाप अपने दिलों को टटोलते रहे, और उनके भीतर द्वन्द्व जारी था। अजनबी के आगे रखी हुई प्लेट में तले अंडों पर घी जम गया और उसका प्याला चाय से भरा रहा। अहमदशाह ने पहले टोस्ट खाने और फिर एक तला हुआ अंडा अपने कांटे पर यों उठाया कि अभी गिर पड़ेगा; गुलाम जिलानी और मकबूल ने घबराकर उसकी ओर देखा और वे दिल ही दिल में दुआ करने लगे कि अंडा गिरने के बजाय उसके मुंह में जा पड़े। उसने यह चमत्कार कर दिखाया और वे शांत हुए।

लेकिन अहमदशाह को अपने हीनता-भाव के कारण उनका अपनी तरफ यों देखना बुरा लगा और वह मकबूल पर बरस पड़ा :

"तुम अजीब आदमी हो ! कभी तो बताकर नहीं जाते !... तुम हमारे दोस्तों का इस्तकबाल (स्वागत) करने के लिए मौजूद क्यों नहीं थे ? जानते हो कि अगर तुम हमारे दोस्त नहीं होते तो वे तुम्हें हिन्दू महाराजा के 'कैम्प' दल में जाने के लिए कभी मुआफ नहीं करते।...मेरा ख्याल है कि तुम इसलिए लौट आए हो कि श्रीनगर के लोग हमारे साथ हैं और इस्तकबाल करने को तैयार हैं..."

"मुआफी का सवाल ही पैदा नहीं होता, क्योंकि मैंने किसीको धोखा नहीं दिया," मकबूल ने विरोध किया, "श्रीनगर के लोग हमलावरों का इस्तकबाल करने को तैयार नहीं हैं..."

"उन्हें यह जल्द फैसला करना होगा कि वे किसका इस्तकबाल करें !" खुरशीद अनवर ने मकबूल की उदंडता से चिढ़कर कहा, "हमारी फौज गंदरबल की तरफ से श्रीनगर तक जा पहुंची और हम जल्द सीधा हमला करेंगे।"

एक ओर तो खुरशीद अनवर के यूरोपियन जैसे आक्रमणकारी व्यक्तित्व को देखकर मकबूल के मन में यह विचार आया कि वह उसकी बात का विरोध न करे और दूसरी ओर उसकी हिन्दुस्तानी भाषा के अक्खड़ पंजाबी स्वर ने मकबूल की सुरुचि को आहत किया। लेकिन चाहे उसने सामर्थ्य-भर सहन करने का प्रयत्न किया, पर वह उसकी बात का जवाब दिए बिना न रह सका :

"फिर आपने सीधा हमला किया क्यों नहीं ?... क्या आप हिन्दुस्तानी फौज से डर गए हैं, जो हमारी मदद को आ रही है ?..."

"ओह, नहीं...नहीं...नहीं !" खुरशीद ने गरजते और हंसते ए कहा, "मेरे सिपाहियों को बारामूला में पैर जमा लेने दो। वे पेशावर और ऐबटाबाद से चलकर आए हैं, उसका उन्हें कुछ सिला भी तो

मिल जाए। फिर हम आगे बढ़ेंगे। वे चाहे पंडितानियों को ले जा चुके हैं, लेकिन कश्मीरी पंडितों के घर में अब भी दौलत दबी पड़ी है ! ....”

यह सुनकर गुलाम जिलानी का रंग फीका पड़ गया और अहमदशाह को भी शर्म महसूस हुई और युद्ध-नीति की इस अश्लीलता को उसने लफ्फाज़ी से ढंकना चाहा।

“खुरशीद साहब तो मज़ाक कर रहे हैं।” उसने बात शुरू की, “लेकिन इस मुहिम का नक्शा पाकिस्तानी फौज के सबसे बहादुर अफसर ने तैयार किया है...कायदे-आज़म जिन्ना लाहौर में बैठे पाकिस्तान के साथ हमारे मिलने का इन्तज़ार कर रहे हैं। आजाद कश्मीर तहरीक ने मीरपुर और पुंछ में सरदार मुहम्मद इब्राहीम की रहनुमाई (नेतृत्व) में अपनी हुकूमत कायम कर ली है।...गिलगित पर कब्ज़ा हो चुका है। अब अगर हमें ज़रा भी समझ होती तो हम लोग महाराजा के डूबते सितारे और हिन्दू भारत से जुड़ने के बजाय खद-ब-खुद पाकिस्तान से मिल गए होते....”

“महाराजा के लिए हमारे दिल में सख्त नफरत है जो अपना बोरिया-बिस्तर उठाकर जम्मू भाग गया है...”

“ये बुज़दिल हिन्दू लड़ने की जुरअत ही नहीं कर सकते।” खुरशीद अनवर ने तनकर कहा।

“खरशीद साहब, आप चाय तो पीजिए।” बेचारे गुलाम जिलानी ने कहा। उसका खयाल था कि इस बहस से छुटकारा पाने का एकमात्र उपाय यह है कि नाश्ते में व्यस्त होकर ध्यान बंट जाए।

“हमेशा संजीदा (गंभीर) बने रहना ठीक नहीं।” अहमदशाह ने मकबूल को खश करने के लिए कहा, ताकि वह खुरशीद अनवर के मज़ाक से भड़क उठे।

लेकिन मकबूल को मौत सामने दिखाई दे रही थी। अब डरना व्यर्थ

था; इसलिए उसने कहा :

"अपने घरों को लुटते देखकर भी तुम हाथ पर हाथ धरे बैठे हो !... हमारी क्या हालत हो गई है ! ..."

"क्यों, किसका घर लुट गया है ?" अहमदशाह ने कहा, "तुम्हारा ? क्या तुमने अपने घर जाकर देखा ?... मेरा नहीं लूटा, और जिलानी साहब का नहीं लुटा ! ..."

"हमारे दोस्त मुरातिब की फैक्टरी तबाह हो गई !"

"इसकी वजह उसकी अपनी बेवकूफी है। वह इतना कमीना है कि हमारे मेहमानों को दरियों और गलीचों के चन्द तोहफे नहीं दे सका !"

"अजीब बात है !" मकबूल ने स्वर ऊंचा करके कहा, "मालूम होता है तुम्हारी नज़र में दोस्ती की कोई कदर नहीं।"

"बकवास मत करो !" अहमदशाह ने चुनौती दी और वह अपने पांच फुट कद के दुर्बल शरीर के साथ मकबूल का मुकाबला करने को उठ खड़ा हुआ।

गुलाम जिलानी लपककर आया और उसे खींचकर बिठाते हुए बोला :

"अहमदशाह साहब, मकबूल के खयाल आपसे मेल नहीं खाते—बात सिर्फ इतनी-सी है। आप वकील हैं—उन्हें दलील से कायल कीजिए..."

"नाराजीयत (अराजकता) से लड़ने के लिए हमें भी नाराजीयत और तशद्दुद (हिंसा) से काम लेना पड़ेगा।" अहमदशाह ने गरजकर कहा। उसका चेहरा पीला पड़ गया था। "मैं समझदार लोगों से दलील करने में यकीन रखता हूं, बेवकूफों से नहीं!... मैं पाकिस्तान के साथ इलहाक (सम्मिलन) चाहता हूं। मैं एक मरकज़ी (केन्द्रीय) मुस्लिम हुकूमत के कयाम (स्थापना) में यकीन रखता हूं, जो शुमाल (उत्तर) में कम्युनिज़्म का और जुनूब (दक्षिण) में बनिया हिन्दूराज का मुकाबला

कर सके...फिर हम मशरिके-वस्ता (मध्यपूर्व) में बिरादराने-दीन (धर्म भाइयों) से मिलकर काफिरों से घिरी इस दुनिया में कदीम (प्राचीन) इस्लामी जमहूरियत (प्रजातंत्र) की शानो-शौकत बहाल कर सकते हैं !... खुद शायरे-मशरिक (पूर्व के महान कवि) 'इकबाल' ने हमें यह पैगाम दिया है। यह देहाती अहमक भी शायर होने का दावा करता है। भला यह सियासत की पेचीदगियों और 'मुस्लिम फैड्रेशन' के तसव्वुर (कल्पना) को क्या समझे !...मुझे इन बातों की आप सब लोगों से ज़्यादा समझ है !"

अंतिम शब्द इतने घृणित थे कि गुलाम और खुरशीद ने उसकी ओर से मुंह घुमा लिया।

"तुम खुद अपनी बात पर कायम नहीं रहते। कोई दूसरा तुम्हारी बात का क्या यकीन करे ?" मकबूल ने सीधी चोट की।

"मैं तुम्हें कत्ल कर दूंगा!" अहमदशाह फिर उठ खड़ा हुआ।

इस बार गूलाम जिलानी ने नहीं बल्कि खरशीद अनवर ने उसे बिठाया। उसे अपनी शारीरिक शक्ति नहीं बल्कि कुछ शब्द ही प्रयोग करने पड़ :

"अहमदशाह ! यह मुझपर छोड़ो...ज़रा बैठो, तैश में मत आओ। इनसे मैं निपट लेता हूं..."

अहमदशाह भीगी बिल्ली बनकर बैठ गया।

"यह अहमदशाह अब्दाली की मन्तिक (तर्क) है।" मकबूल ने उसकी प्रसिद्ध अफगानी विजेता से तुलना की।

"उसका मज़ाक मत उड़ाओ !" खुरशीद गरजा, "तुम भी कोई बड़े बहादुर नहीं हो ! पहले घर से भाग खड़े हुए और अब जासूसी करने और अपने अमीर दोस्तों पर डोरे डालने को लौट आए..."

"मेरे गरीब दोस्त भी हैं..." मकबूल ने उसकी बात काटी, चाहे यहां आना उसे अपनी मूर्खता महसूस हो गई थी। "लोग इस गुंडागर्दी को

आसानी से कबूल नहीं करेंगे !"

"अपनी यह 'टांय-टांय' बन्द करके सेरी सुनो।" खुरशीद चिल्लाया। उसका स्वर अत्यन्त रुक्ष था, "मैं सीधा-सादा पंजाबी हूं। ज़्यादा दलीलबाज़ी नहीं जानता...लोगों के बारे में यह बकवास मुझे न सुनाओ। इस्लाम तो एक बिरादरी है, उसमें हिन्दुओं जैसे इम्तियाज़ (भेदभाव) नहीं हैं।"

"सारा पाकिस्तान एक खुशहाल खानदान है !"...मकबूल ने व्यंग्य किया, "मिस्टर जिन्ना, महाजरीन (शरणार्थी), और सब !..."

"मैंने तुम्हें कह दिया है कि बीच में मत बोलो !" खुरशीद अनवर चिल्लाया।

"तुम खुदा नहीं हो !" मकबूल ने उस पशु की भांति, जो घिर चुका हो, हताश होकर कहा, और उसके भीतर क्रोध लावे की तरह उबल रहा था।

"नहीं, लेकिन सुनो। मैं तुम्हें मौका देता हूं इस्लामी बिरादरी में तुम्हें भी ऐसी ही बातों से इज़्ज़त मिल सकती है जो गुलाम जिलानी और अहमदशाह को हासिल है ; या फिर जासूसों और गद्दारों की सजा भुगतने के लिए तुम्हें फौज के हवाले कर दिया जाएगा।"

"मैं न जासूस हूं और न गद्दार...मैं कश्मीर को और सब चीज़ों पर तरजीह देता हूं, मेरे कुछ उसूल हैं। और तुम..."

"इससे बात करना बेकार है।" अहमदशाह बीच में बोल उठा, "अदना मगरूर आदमी है। बारामूला से आगे देख सकने की इसमें समझ ही नहीं। इसने लाहौर तक तो देखा नहीं है। अगर तुम इसपर रहम करोगे तो यह ममनून (कृतज्ञ) नहीं होगा—यह तुम्हारी पीठ में छुरा घोंपना चाहेगा—आवारा कुत्ता !..."

यह गाली उदारचित्त जिलानी को बुरी लगी और उसने कहा, "अहमदशाह साहब, मेहरबानी करके ऐसी ज़बान इस्तेमाल न करें।

मकबूल हमारा दोस्त है, और जैसाकि वह कह रहा है यह उसके उसूलों का सवाल है। उसने अपनी राह चुनी है, और आपने अपनी...”

“मिस्टर जिलानी, तुम खुद किस तरफ हो ?” खुरशीद अनंवर ने ज़रा घबराकर पूछा, क्योंकि उसे लगा कि मेज़बान साथ छोड़ रहा है, “तुम्हारे वालिद साहब ने तो फैसला कर लिया है।”

“मैं भी वालिद साहब के साथ हूं।” गुलाम जिलानी ने झंपते हुए कहा, “लेकिन मैं दोस्ती में यकीन रखता हूं। मेरा खयाल है कि आप मकबूल से बात करें और उसे समझाएं। अगर वह कायल हो जाए और आपका साथ देने का वादा कर ले तो वह अपनी बात पर कायम रहेगा—यह मैं आपको यकीन दिला सकता हूं...”

अपनी बुद्धि न होने से खुरशीद अनवर ने ज़मींदार के बेटे की सुबुद्धि पर भरोसा किया, जो दरबारी शिष्टता में निपुण था। वह समझ गया कि अहमदशाह के कुतर्क के बजाय गुलाम जिलानी का दृष्टिकोण बेहतर है। उसने खुद भी शांत रहने का प्रयत्न किया था; लेकिन वकील की उद्दंडता ने उसे बहस में उलझा दिया था।

“तुम अपने दोस्त को बेहतर जानते हो,” खुरशीद ने कहा, “लेकिन तुम्हें मालूम है कि यह फैसलों का वक्त है। हम कोई बात अधूरी नहीं छोड़ सकते। इधर या उधर फैसला करना ही है।”

“आप लोगों की तरह मकबूल भी मेरा मेहमान है।” गुलाम जिलानी ने कहा, “मैं नहीं चाहता कि इस वक्त उसपर कोई फैसला ठोंसा जाए। उसे भी फौरन चुनने को न कहा जाए। वह हालत को देखे-परखे और फिर सोचकर फैसला करे...”

“सोचने के हालात हों, आदमी तभी सोच सकता है;” मकबूल ने कहा, “लेकिन इस हमले, कत्ल और तबाही...”

“यह आज़ादी की जंग है !” अहमदशाह ने विरोध किया।

“जंग ! तारीखी वाकया (ऐतिहासिक घटना) ! हम ऐसे दौर

(समय) में से गुज़र रहे हैं जो हमेशा के लिए हमारी किस्मत का फैसला करेगा। और अब हरएक को तय करना है...”

“मैं तुम्हारे रौब में नहीं आऊंगा।” मकबूल बोल उठा, “मैं इसे तारीख-वारीख कुछ नहीं मानता—हम लोग आराम से ज़िंदगी बसर कर रह थे और बुराइयों के खिलाफ लड़ रहे थे, कि ये लोग आ गए...और हमारे सीने पर बन्दूकें तान दीं। ये हमें ज़बरदस्ती पाकिस्तान में मिलाना चाहते हैं...।”

“अगर तुम ज़बान बन्द नहीं करोगे तो मैं तुम्हें गिरफ्तार करा दूंगा !” खुरशीद चिल्लाया।

मकबूल के स्वर में जो सत्य था उससे खुरशीद अनवर के सन्तोष का खोल टूट गया। इससे पहले कि मकबूल के शब्द उसके मन में सन्देह उत्पन्न करें, वह बोल उठा—इस हमले के बारे में उसके अपने तर्क थे और उनपर देश-भक्ति का हल्का-सा आवरण चढ़ा हुआ था।

“खुरशीद साहब, आप मेरे दोस्त को कुछ नहीं कह सकते।” जिलानी ने विरोध किया। उसके थुलथुल शरीर में साहस उमड़ आया और चेहरा लाल पड़ गया।

“गुलाम जिलानी !” खुरशीद ने अपनी लुटेरी रूह का प्रदर्शन किया, “मैं तुम्हें एक लाख रुपये की ज़मानत पर छोड़ रहा था। अब यह रकम दो लाख हो जाएगी।”

“रुपये की परवाह नहीं,” जिलानी बोला, “पर आप मकबूल को यहां से एक आज़ाद शख्स के तौर पर जाने दें।”

“आप क्या कह रहे हैं !” अहमदशाह ने विरोध किया, “क्या देखते नहीं है ?...”

“मैं ऐसी कोई बात न कह रहा हूं और न कर रहा हूं जो इस्लाम की रिवायत के खिलाफ हो।” जिलानी बोला, “मेरे लिए मेहमान मुकद्दस (पवित्र) है...”

मकबूल ने आहिस्ता से जिलानी की बांह छुई। गुलाम तुरन्त उठ खड़ा हुआ। उसके स्थूल शरीर में अजीब प्रतिभा थी। उसने दोस्त से हाथ मिलाया और बांहों मे कस लिया।

खुरशीद ने यह दृश्य देखा तो वह भी द्रवित हो उठा।

मकबूल ने अपने-आपको गुलाम के आलिंगन से छुड़ाया और वह अहमदशाह की तरफ देखे बिना ही दरवाज़े की ओर चल पड़ा।

"खुदा हाफिज़ !" उसने कहा और सीढ़ियां उतरने लगा।

"तुम्हारी साइकल !" गुलाम जिलानी ने पुकारा।

"इसपर चढ़ना खतरनाक है।" मकबूल ने जवाब दिया, "मैं इसे नीचे इबिल को संभलवा दूंगा। इसे मेरी मौसी राहती के पास भिजवा देना। मैं सड़क से नहीं गलियों से जाऊंगा...और विद्रूप से कहा, "सड़कें मैं अहमदशाह के लिए छोड़ दूंगा। वह उनपर फतह का जलूस निकालेगा !...."

जब मकबूल सीढ़ियां उतरा तो बूढ़ इबिल ने गम्भीर मुद्रा से उसका स्वागत किया। उसने चुप रहने का संकेत करने के लिए अंगुलियां होंठों पर रख ली थीं जिससे गम्भीरता और गहरी हो गई थी। वह मकबूल को भीतरी रास्ते की ओर ले गया जो ज़नाने में जाता था।

"पाकिस्तानी बाहर खड़े तुम्हारे बारे में पूछ रहे हैं।" इबिल ने उसे बताया।

अपनी दायीं बगल में साइकल दबाए वहां खड़े रहना मकबूल को अपनी मूर्खता जान पड़ी। इबिल ने अपनी सहजबुद्धि से उसकी परेशानी को समझ लिया और उससे साइकल लेकर घिरौंची में रख दी जहां ईंधन पड़ा रहता था। इसके बाद वह मकबूल के पास आया और अपने खास अन्दाज़ में मुस्कराते हुए बोला :

"आदमी मशीन पर सवार हो, यह तो ठीक है; लेकिन उसे अपने

ऊपर सवार कर लेना ठीक नहीं।"

मकबूल ने महसूस किया कि बारामूला में इबिल ने भी वही कुछ देखा है जो सबने देखा है, इसलिए उसने सामंती घराने के नौकरों की असावधानी त्याग दी है, अब वह भी चिंतित है और कुछ न कुछ करने की उसके मन में भी स्वाभाविक इच्छा है। इसलिए उसके इस सुझाव पर चौंका नहीं।

"हमें कोई ऐसी तरकीब सोचनी होगी कि तुम्हें यहां से किसी महफ़ूज़ जगह पहुंचा दिया जाए। मेरी समझ में तो सिर्फ यह बात आती है कि तुम्हें बेगम का बुर्का पहना दिया जाए और एक नौकरानी भी साथ कर दी जाए ताकि पठान तुम्हारी तरफ आंख उठाकर न देख सकें। ज़मींदार की बीवी की वे अब भी इज़्ज़त करते हैं..."

इस तर्क के आगे मकबूल की गरदन झुक गई। लेकिन अपनी तसल्ली के लिए पूछा :

"लेकिन बेगम साहब..."

"मैंने बेगम साहब को पहले ही बता दिया है कि आप ऊपर हैं। वे आपसे मिलना चाहती हैं। आप मेरे साथ आइए। मैं अपनी बीवी हबीबा को साथ भेज दूंगा। वह आपको संकरी गली के रास्ते बाज़ार तक पहुंचा देगी।"

मकबूल ने बूढ़े के झुर्रियोंवाले चेहरे की ओर देखा जो स्निग्धता से चमक उठा था। जब वह देख रहा था तो मकबूल की अपनी आंखों में आंसू आ गए। लेकिन उनके प्रकट होने से पहले ही वह ज़नाने की ओर चल पड़ा और इबिल पीछे आया।

"शायद बेगम साहब गुसलखाने में हों। पहले मैं जाता हूं।" वह आगे हो गया और पुकारा, "हबीबा ! मकबूल साहब आए हैं। क्या बेगम साहब उनसे बात करेंगी ?"

मानव-आकृतियों की सरसराहट और कानाफूसी सुनाई दी;

इसलिए मकबूल और इबिल आप ही आप रुक गए, ताकि औरतें पर्दा कर लें।

"आ जाइए। मैं बेगम साहब के सिर में हिना लगा रही हूं।" आखिर हबीबा की आवाज़ सुनाई दी।

मकबूल आगे बढ़ा। उसका सिर झुका हुआ था; लेकिन वह स्थिति को समझ सकता था। बेगम मेहताब जिलानी अपने दीवान पर बैठी थीं और हबीबा उनके सिर पर मेंहदी लगा रही थी।

"बेटा मकबूल, तुमसे क्या पर्दा है;" बेगम बोली, "मगर तुम भी किस वक्त आए हो !"

"मैं बदकिस्मत हूं।" मकबूल ने कहा। वह समझ रहा था कि वे भी अपने बेटे की तरह अतिथि-सत्कार की मर्यादा को निबाह रही हैं, पर चाहती यही हैं कि उसने अपनी उपस्थिति से घर-भर को परेशान न किया होता। "आओ, मेरे पास बैठो।" बेगम ने कहा।

मकबूल ने एक बालक के सदृश आदेश का पालन किया।

"हबीबा !" इबिल ने पत्नी को संकेत किया।

नौकरानी ने बेगम की ओर देखा और मालकिन ने सिर हिला दिया।

"ज़िंदगी बड़ी जालिम है।" बेगम ने दार्शनिक ढंग से कहा, "औरत होने की वजह से मैं इस हकीकत को समझती हूं। हमें तस्लीम करना पड़ता है, क्योंकि अल्लाह की नज़र से हम सज़ा की मुस्तहिक (पात्र) हैं...मेरे बेटे, ज़ुल्म को बर्दाश्त करने का सिर्फ एक ही तरीका है कि हम किस्मत के आगे सिर झुका दें। जो तकदीर में लिखा है वह होकर रहता है। मैं औरत पैदा हुई थी। इसलिए किस्मत की शिकायत से कोई फायदा नहीं था। मैं तस्लीम करूंगी कि जब मैं एक जवान दुल्हन की तरह सरदार जिलानी के घर में आई तो मैं डरी हुई थी। मैंने उनका हुक्म मानने का फैसला किया। मुझे कुछ बातों का सलीका नहीं था, फिर भी सब कुछ

मेरे हाथ में था। वे मुझपर हुक्म चलाते थे और मैं घर-भर पर हुकूमत करती थी...अब ये नये हुक्मरां (शासक) अतायत (अधीनता) चाहते हैं। लेकिन अगर हम उनकी हुकमत तस्लीम कर लेंगे तो शायद हम अपने घरों में जो चाहेंगे कर सकेंगे !...असल बात सिर्फ कादिरे-मुतलिक (सर्वज्ञ) अल्लाह को मालूम है..."

"मैं निहायत अदब से यह अर्ज़ करने की इजाज़त चाहूंगा," मकबूल ने कहा, "कि जब मौत ज़िन्दगी की ख्वाहिश के खिलाफ है तो ज़िन्दगी को ज़रूर मौत की मुखालिफत करनी चाहिए... मैं जानता हूं कि इससे खूरेज़ी और बरबादी होगी, लेकिन आज़ादी का जज़्बा दबाया नहीं जा सकता।"

"मैं जानती हूं कि तुम नौजवानों की तरह इरादे के पक्के हो।" बेगम मेहताब ने स्वीकार किया, "मैं हमेशा अपने बेटे से कहती थी कि तुम कुर्बानी के पुतले हो। लेकिन तुम जानते हो कि मेरे शौहर, मेरी और मेरे बेटे की ज़िम्मेदारियां और लोगों से कहीं ज़्यादा हैं।"

"मैं जानता हूं—तमाम जमीन !" मकबूल के स्वर में कटुता आ गई।

"बेटा !" बेगम ने संक्षेप में कहा, "हम अपने खानदान की मुहब्बत में और खुदा में अपने यकीन में पनाह (शरण) ले रहे हैं।"

दोनों चुप रहे।

"मुझे तुम्हारी राय मालूम है बेटा?" बेगम ने बात जारी रखी, "लेकिन हम अपने मुज़ारों (किसानों) से अपने बच्चों का सा सलूक करते हैं। वे ऐसे लोग हैं जो अपनी हुकूमत खुद नहीं चला पाते। उन्हें एक मेहरबान और अक्लमन्द आका चाहिए। सरदार साहब चाहे कई बार सख्त दिखाई देते हैं; लेकिन दिल से ऐसे ही इन्सान हैं..."

मकबूल को ये शब्द अप्रिय लगे, क्योंकि उसका विश्वास था कि गरीबों और किसानों का इस व्यवस्था को किस्मत की तरह स्वीकार कर लेना ही कश्मीर के पतन का मूल कारण है। महाराजा से लेकर दरबारियों

और ज़मींदारों तक यह सारी सामन्तशाही ऐसे दैन्य की प्रतिनिधि है जिसे विश्वास के भरोसे ही देखा और जिया जा सकता है। निस्सन्देह एक ज़मींदार के ज़नाने में यह व्यवस्था भगवान का विधान है, जिसे स्वीकार करना और मानना आवश्यक है।

"अम्मां !" उसने किसी कद्र अधीरता से कहा, "हम इस बात का निर्णय नहीं कर सकते। शायद किसी दिन आप महसूस करेंगी कि मैं आपके बेटे को गुमराह नहीं कर रहा, जैसाकि आप हमेशा समझती रही हैं...लेकिन वह और मैं एक-दूसरे को अपना भाई समझते हैं। अब भी खुरशीद अनवर को नाखुश करने का खतरा मोल लेकर उसने हमलावरों से मेरी हिफाज़त की है। आपको भी मैंने हमेशा मां की तरह समझा है। अब मैं अपने शैतान लड़के के बजाय अच्छे बेटे की तरह विदा होना चाहता हू..."

बेगम मेहताब ने अपना बायां हाथ उसके सिर पर रखकर कहा :

"लेकिन बेहतर है कि तुम अब यहीं रुको। इस वक्त जबकि वे चारों तरफ खड़े हैं, तुम कहां जाओगे ?"

"बेगम साहब," इबिल ने आगे बढ़कर कहा, "मैंने एक तरकीब सोची है। अगर आप ताईद फरमाएं। मकबूल साहब आपके बुर्के में जाएंगे और हबीबा उनके साथ होगी और वे पिछवाड़े की गली से निकल जाएंगे जहां दुश्मन नहीं हैं।"

"इबिल," बेगम ने दर्प से कहा, "उन्हें दुश्मन मत कहो। यह मुनासिब नहीं। अलबत्ता मकबूल के घर पहुंचने का वही तरीका है जो तुमने बताया है। लेकिन बेहतर यह है कि तुम अब्दुल से तांगा जोतने को कहो और तुम खुद इन्हें छोड़कर आओ। यह ठीक रहेगा।"

वह वाक्य समाप्त न कर पाई। उसका निचला होंठ लटक गया। एक ओर मानवता की भावना थी और दूसरी ओर परिवार की सुरक्षा का सवाल था। दोनों में द्वन्द्व छिड़ा था।

मकबूल ने झुककर उसे सलाम किया और उठकर इबिल के साथ चला।

"मैं अन्दर के कमरे में चली जाती हूं।" बेगम ने कहा, ताकि वे अपनी योजना को उसे बीच में उलझाए बिना पूरा करें। "हबीबा, तुम जल्दी लौट आना। मैं तुम्हारा इन्तज़ार करूंगी..." और वह अन्दर कमरे में चली गई।

मकबूल बुर्के में लिपटा हुआ हबीबा के साथ तांगे में बैठा था। वह सिर से पांव तक ढंपा हुआ था, सिर्फ आंखों को बुर्के की जाली से तांगे का नीला कपड़ा दीख पड़ता था जो औरतों को अजनबियों की दृष्टि से बचाने के लिए लटका दिया गया था। उसके लिए यह ज़िन्दगी का पहला और अजीब अनुभव था। सामन्ती परिवारों का यह एक पुराना हथकण्डा था, लेकिन पाकिस्तानी देखकर तसल्ली कर लेने की धृष्टता भी तो कर सकते थे...

तांगा कोई पचास गज़ जा चुका था और कोई घटना घटित नहीं हुई थी। शायद सरदार मुहम्मद जिलानी के मकान से बाहर खड़े सन्तरियों ने देख लिया था कि तांगा बड़े ज़मींदार के घर से निकल रहा है, इसलिए अपने साथियों को उसके गुज़र जाने का इशारा कर दिया था। फिर भी मकबूल का साथ देकर इबिल अपनी और अपनी पत्नी की ज़िन्दगी से खेल रहा था। मगर हमलावरों को यह सन्देह हो जाता कि मकबूल शेरवानी जिलानी के घर में घुसा है (उन्होंने दरवाज़ पर दस्तक तो दी ही थी) तब ज़मींदार के नौकर देखते ही वे चौकन्ने हो जाते।

तांगे के झकोलों से उसका अंजर-पंजर हिल गया और वह बुर्के में लिपटा कांप रहा था और पसीने से सराबोर था। सड़क के गड्ढे उसे झंझोड़ रहे थे। वह अपने-आपको शून्य में खोया-सा महसूस कर रहा था।

"तांगे में कौन है ?" अकस्मात् एक पठान संतरी ने पूछा।

"सरदार जिलानी के घर से हैं।" इबिल ने उत्तर दिया।

दबे-दबे स्वर और खुरीवाले जूतों की आवाज़ें सुनाई देने लगीं।

जीने की आशा भय के कांटे पर तुल गई। मकबूल बिना हिले-डुले सामने ताकता रहा। सहसा सिपाहियों ने पीछे का पर्दा उठा दिया।

"कौन ?" एक पठान चिल्लाया।

"ज़नाना।" हवीबा ने उत्तर दिया।

जो सिपाही अब तक बोले नहीं थे, ठिठक गए और सवारियों की ओर घूरकर देखते रहे।

"आप हमारी औरतों को क्यों सताते हैं ?" इबिल ने चिढ़कर कहा, "मुसलमान ऐसा नहीं करते !"

सिपाही ने पर्दा गिरा दिया।

"आगे चलो।" इबिल ने कोचवान से कहा।

मकबूल ने सांस रोक ली थी। होंठ सख्ती से भिंच गए थे और आंखें बन्द थीं। फिर चमत्कार हआ था। वह मौत के मुंह से बचा था। वह आश्चर्यचकित सोच रहा था—क्या किस्मत ने साथ दिया है। वह अवचेतन रूप से अल्लाह के प्रति कृतज्ञता प्रकट कर रहा था। वह सोच रहा था, कितनी विचित्र बात है कि जो सैद्धांतिक रूप से जीवन को कुचलते हैं, उन्हींके ज़मींदार परिवार ने उसके प्राण बचाए, हालांकि इसमें उनके नये दोस्तों के नाराज़ हो जाने का खतरा था।

तांगा धीरे-धीरे आगे बढ़ा।

भीतर बैठी सवारियों को यह बताने के लिए कि वे कहां हैं, इबिल कोचवान को हिदायत करता जा रहा था :

"वहां हलवाई की दकान के पास तांगा रोक लेना और मेरे लौटने तक इन्तज़ार करना।" उसने कहा।

और दूसरे ही क्षण तांगा रुक गया।

"उतरिए, मैं आपको पहुंचा आता हूं।" इबिल ने सवारियों से कहा।

मकबूल ने पहले हबीबा को उतरने दिया। उसके बाद वह खुद उतरा। इबिल ने उसके निकट आकर धीरे से कहा, "सड़क साफ है।"

और वह उन्हें गली में ले गया।

मकबूल अपनी तमाम कोशिश के बावजूद इबिल के पीछे-पीछे रुक-रुककर चल रहा था और उसका दिल ज़ोर-ज़ोर से धड़क रहा था।

जब वे गली के दर्मियान में पहुंचे, इबिल ने सस्वर कहा :

"संतरी गली के हलवाई को अपने साथ ले गए हैं, ताकि वे किसी संदिग्ध व्यक्ति को पहचानें..."

हबीबा ने बुर्के का सिरवाला भाग ऊपर उठाकर उसे चुप कराया। वह उन्हें मकबूल के दरवाज़े पर ले आई। ऊपर घरवालों को सूचित करने के लिए उसीने कुंडी खटखटाई।

सौभाग्य से हमलावरों के भय के कारण गली खाली थी। मकबूल की मां ने दरवाजा खोला। जो आंखें इधर-उधर से झांक रही थीं, उन्होंने सरदार जिलानी के घर की औरतों और उनके नौकर इबिल को भीतर जाते देखा।

हबीबा मकबूल की मां के निकट गई और दूसरे बुर्कापोश की ओर देखकर कहा :

"मकबूल !"

मकबूल की मां विमूढ़-सी खड़ी रह गई और विस्मय से खुली आंखों से बेटे की ओर देखने लगी।

मकबूल ने बुर्के की जाली से ड्योढ़ी को देखा और उसे खाली पाकर

बुर्का उठा लिया।

मां ने उसके गले में बांहें डाल दी और रोती हुई उससे लिपट गई।

"मां, मां !" मकबूल ने उसे चुप कराने के लिए कहा।

"मकबूल ! मैंने समझा था कि तुम मर गए..."

उसने सबकते हुए कहा, "मेरा खयाल था कि उन्होंने तुम्हें मार डाला !"

इसी समय मकबूल का बाप नीचे उतरा। वह एक क्षीणकाय व्यक्ति था और उदास और क्रुद्ध जान पड़ता था।

मकबूल ने अत्यन्त शिष्टता से उसका अभिवादन किया, जैसे कोई अजनबी अफसर का करता है।

"सलाम-अलैकुम !"

बूढ़े ने भी औपचारिक ढंग से उत्तर दिया, "वा-अलैकुमसलाम !"

"नूर कहां है ?" मकबूल ने पूछा।

" वह ऊपर है, बेटा।" मां ने उत्तर दिया, " दूसरे लोग भी ऊपर हैं और सब तुम्हारा इन्तज़ार कर रहे हैं।"

"पट्टन का नानबाई और महमदू और उसका बेटा गुला भी यहां हैं ...और दूसरे लोग भी हैं। हम सबको तुम्हारी बड़ी फिक्र थी। आओ... तुम भूखे होगे।"

और वह आगे-आगे ऊपर चली।

"सुबह जब गुला तुम्हें लेने गया...मोटे नानबाई महमदू ने कहा, और तुम उसे नहीं मिले, "मैंने सोचा कि या तो तुम गिरफ्तार हो गए हो या फिर घर पहुंच गए हो। इसलिए मैं पूछता-पूछता यहां आया। खुदा का शुक्र है कि आप सलामत लौट आए...शैतान हर जगह मंडरा रहे हैं।"

"लेकिन वे लोगों पर नज़र रखने के बजाय लूट में मसरूफ है।"

मकबूल बोला, “उनका लीडर खुरशीद अनवर तक सरदार जिलानी के घर आराम से बैठा है। वह कोई दूसरा काम पीछे करेगा; पहले उनसे खराज वसूल करेगा। वह कह रहा था कि श्रीनगर की तरफ बढ़ने से पहले उसके सिपाही खूब झोलियां भर लें...”

“उसने एक लाख मांगा है।” इबिल ने यों कहा जैसे सामंती घरों के सब नौकरों की तरह वह भी हर बात जानता है, “सरदार साहब ने उसे पचास हजार देने को कहा है, और उनके पास नकद सिर्फ इतना ही था। जब तुम वहां पहुंचे तो आका दुकान की पेटी में से रुपया लेने गए हुए थे...”

इतने रुपये लेने की बात सुनी, तो जितने लोग जमा थे, सबने दुःख और विस्मय की आहें भरीं।

“मैं चाहता हूं कि वे इस लुटेरे को यह रुपया न दें।” मकबूल ने कहा।

“बेटा, तुम क्या कहते हो !” मकबूल के बाप ने विरोध किया।

“जब से इतनी लूट के लिए सख्त लफ्ज़ ही कहने पड़ेंगे, अब्बा !” मकबूल बोला।

“अब हमारे घर में कोई झगड़ा नहीं होगा।” मां ने कहा, “चाय तैयार है। बेटी नूर, केतली लाओ, मैं चाय बनाती हूं।”

मकबूल की बहन नूर केतली लेकर आई। वह साधारण रूप-रंग की लड़की थी। मुंह पर जवानी के मुहांसे थे, जिन्हें उसने रगड़ दिया था। उसने अपनी बड़ी-बड़ी आंखें झुका रखी थीं और सिर के आंचल से माथा ढांप लिया था।

“तुमने इन बच्चों को हमेशा हुक्मउदूली सिखाई।” बाप ने मां की ओर पलटकर कहा।

“बेगन जिलानी का भी यही अकीदा (विश्वास) है कि फरमारदारी (आज्ञापालन) ज़िन्दगी की सबसे बड़ी नेमत है।” मकबूल ने कहा, “हमपर जो गुज़रती है, वह सब अल्लाह की मर्ज़ी है। दिन में पांच मर्तबा

नमाज़ पढ़ो, रोज़े रखो और हुक्म बजा लाओ, और यही कुछ करते मर जाओ !"

उसके स्वर में जो व्यंग्य था उससे मां परेशान हो उठी क्योंकि परिवार के सुमिलन से जो सुखद वातावरण उत्पन्न हुआ था, उसे वह बनाए रखना चाहती थी। जब तक उसके अपने चूजे दरबों में सुरक्षित थे, बाहर जो चाहे होता रहे।

बेटे ने जो घुमा-फिराकर झाड़ पिलाई थी, उससे बाप चुप हो गया। फिर उसने अपने भय और निराशा का प्रलाप किया :

"मैं तुमसे पूछता हूं कि तुम इतने लोगों के खिलाफ कैसे लड़ोगे ! अल्लाह और उसका खलीफा ही हमें नज़ात (मुक्ति) दिला सकते हैं। अगर हम दुआ करें तो शायद अल्लाह हमारी दुआ सुन ले..."

"लेकिन अब्बा," नूर ने साहस किया, "हमारा भाई गरीबों से मुहब्बत करता है, वह दूसरों की खिदमत करता है। आप उससे यह उम्मीद कैसे कर सकते हैं कि वह दुआ करके चुप हो रहे। अल्लाह तो सुनता नज़र नहीं आता..."

"नूर, चुप रहो; कुफ्र मत बको।" बाप चिल्लाया, "मैंने तुम्हें ख्वाहमख्वाह स्कूल में डाला..."

"बेटी, चाय बनाओ।" मां ने नूर को सांत्वना दी, ताकि वह रो न पड़े ; क्योंकि उससे मामूली-सी झिड़की भी सहन नहीं होती थी

"अल्लाह ने अपने पैगम्बर, ये हमारे पाकिस्तानी मुस्लिम भाई, भेज दिए हैं जो हमारी सांस बन्द करके हमें आज़ाद कर रहे हैं !" मकबूल ने कटुता और विद्रूप से कहा।

"मेरे खिलाफ सारे घर ने बगावत कर रखी है !" बाप ने विरोध किया।

"लेकिन यह तय है..." महमदू ने पारिवारिक कलह से तंग आकर कहा, "कि मकबूल साहब मजबूरों और बेकसों के दोस्त मशहूर हैं। वे

लायक बेटे हैं। आपको यह नहीं समझना चाहिए कि वे पाकिस्तानियों से लड़ने की बात कहकर कोई गलती कर रहे हैं। हमारे लीडरों ने उन्हें बारामूला भेजा है।"

यह सुनकर सब खामोश हो गए। मकबूल की मां ने शांति के वातावरण में सबको चाय दी। नूर ने चुपके-चुपके कनखियों से मकबूल की ओर देखा। उसे भाई पर फख्र महसूस हो रहा था, जो श्रीनगर में लीडरों से बातें करके आया था। गुला ने अपनी निरीह बात से मौन भंग किया:

"मकबूल भाई, हम मोटरसाइकल लेने कब जाएंगे? क्या आप मुझे उसपर श्रीनगर ले जाएंगे?"

इसपर महमदू को हंसी आ गई और उसने अपने बेटे से कहा : "हम सबको ज़िन्दगी के लाले पड़े हुए हैं और तुम बेवकूफ सिर्फ साइकल की ही बात सोच रहे हो!"

"हमारे लीडरों की मुसीबत यह है," मकबूल के बाप ने कहा, "वे सब हवा में बातें करते हैं...वे तो गरीबों को प्यार करते हैं, लेकिन गरीब उन्हें घास नहीं डालते। लोगों को बस रोटी चाहिए। कोई दूसरी बात वे सुनने को तैयार नहीं, स्वयं मस्त धूरे पर लेटे हुए हैं। वे अल्लाह को भी भूल चुके हैं..."

"वालिद साहब!" मकबूल बोला, "आपको श्रीनगर में होना चाहिए था, ताकि आप देख सकते कि जिनसे आप नफरत करते हैं वे कितने जोश में हैं। ध्यान न देना उनका कसूर नहीं। आप जानते हैं कि महाराजा की हुकूमत ने हमें इस कदर पीसकर रख दिया है कि ज़िन्दगी मिट्टी से सस्ती है—क्या आपका खयाल है कि हमारा कोई अकीदा ही नहीं? लेकिन किसी भी शख्स की रूह की हिफाजत के लिए उसके जिस्म की हिफाज़त ज़रूरी है। हमें ज़िन्दा रहना है। नमाज़ें पढ़ने के बावजूद हालत यह है, फिर अकीदा क्या करें। वे बिना अकीदे के ही

जीना चाहते हैं।"

"बेटा, यह तुमने अक्ल की बात कही।" बाप ने स्वीकार किया। वह अपने हुक्के की तरफ पलटा जो नूर उसके लिए भर लाई थी और बात जारी रखी, "लेकिन अक्सर तुम पागल हो जाते हो और कट्टर किस्म की बातें करते हो..."

"नौजवान है!" मां ने बेटे का पक्ष लिया, "वह दूसरों के लिए दौड़-धूप करते दुबला हो गया। उसे खाने-पीने की परवाह नहीं, सिर पर यही एक धुन सवार है। अगर यह हंगामा खत्म हो तो मैं कम से कम एक महीना उसे अच्छी गिज़ा दूंगी। महमदू, तुम हमारे लिए पट्टन से बढ़िया घी भेजना। मैंने सुना है कि दुधिये घी-मक्खन लेकर हर रोज़ तुम्हारी दुकान पर आते हैं...

"बेशक आते हैं।" महमदू ने जवाब दिया, "ज्योंही यह मुसीबत टली, मैं आपको बढ़िया घी भिजवा दूंगा..."

दरवाज़े पर दस्तक हुई और सबके चेहरे पीले पड़ गए। एक क्षण वे आंखें फाड़े देखते रह गए।

मकबूल की मां ने बैठक की खिड़की से झांककर देखा और सबकी तसल्ली के लिए कहा, "जुमा और उसके भाई हैं!"

"हम आपसे इजाज़त चाहेंगे।" इबिल ने कहा। वह हबीबा की तरफ पलटा जो बुर्के में लिपटी दरवाज़े के पास जूतों में बैठी थी।

मकबूल उठकर इबिल के साथ दरवाज़े तक गया, ताकि मुसीबत के वक्त के लिए उसे कुछ पैसा दे दे। ड्योढ़ी में जाकर उसने एक दस रुपये का नोट इबिल को थमाया और उसकी मुट्ठी अपने दोनों हाथों में सस्नेह दबाई।

जब वह लौटा तो नूर ने उसके निकट आकर कहा, "भाई जान, अगर आप दोबारा श्रीनगर जाएं तो मुझे भी साथ ले चलें। मैं आपकी मोटरसाइकल के पीछे बैठ जाऊंगी।"

मकबूल ने प्यार से उसके गाल सहलाए और कहा :

"नूरी, पहले तुम्हें इस कश्मीरी चोगे के बजाय मां से सलवार-कुर्ता पहनने की इजाज़त लेनी होगी। तभी तुम सिपाही बन सकोगी।"

"नहीं, यह नहीं हो सकता।" मां ने उसकी बात सुनकर चेतावनी दी, "मेरी कोई बेटी सिपाही नहीं बन सकती। इधर-उधर परिन्दे मंडरा रहे हैं, मैं इसे घर से बाहर नहीं जाने दूंगी..."

"लेकिन, मां !" मकबूल बोला, "श्रीनगर में तमाम जवान लड़के और लड़कियां फौज में भर्ती हो गए हैं और बन्दूक चलाना सीख रहे हैं।"

"अब्बा, मैं भी श्रीनगर जाना चाहता हूं," गुला ने अधीरता से कहा, "मुझे मकबूल साहब के साथ भेज दीजिए।"

"और हम भी श्रीनगर जाना चाहते हैं।" जुमा चिल्लाया।

"जंग मज़ाक नहीं है।" मकबूल के बाप ने कहा, "हर तरफ गोलियों की बौछार है।"

"हातो, वे अभी श्रीनगर से आए हैं।" महमदू बोला, "इनका दोबारा जाना—जान का खतरा मोल लेना है।"

"लेकिन हम हाथ पर हाथ धरे यहां कैसे बैठे रहें !" जुमा बोला।

"और जबकि यहां कोई काम नहीं..." कादिर ने कहा, जो तीनों भाइयों में सबसे ज़्यादा शरीफ था।

"कारखाने में बहुत काम कर चुका, अब मैं फौज में भर्ती होना चाहता हूं।" सलीमबख्श ने कहा।

"और दुनिया देखना चाहता हूं।" महमदू ने मज़ाक किया।

"ये बातें सुनकर खुशी होती है," मकबूल बोला, "नौजवान कुछ करना तो चाहते हैं।...बूढ़ों की तरह नहीं, जिन्होंने कब्र में पैर लटका दिए हैं...श्रीनगर में बूढ़े भी रज़ाकारों (स्वयंसेवकों) में भर्ती हो गए हैं..."

"मेरा खयाल है कि अगर कोई बतानेवाला हो तो बूढ़े भी ज़रूरत को महसूस कर लेते हैं।"

मकबूल के बाप ने कहा, "ज़िन्दगी का कोई मकसद ही नहीं रह गया। अब एक कब्र ही है।"

"सिर्फ अमीर ही कोई फैसला नहीं कर सकते।" मकबूल बोला, "मैं मुरातिबअली और गुलाम जिलानी से मिलकर आ रहा हूं। वे मेरे अच्छे दोस्त थे। लेकिन अब बुज़दिली दिखा रहे हैं, क्योंकि उन्हें हर तरह का आराम मुयस्सर है। जिनके पास कुछ नहीं, उनके लिए फैसला करना आसान है। हमें तशद्दुद (हिंसा) करनेवालों के खिलाफ तशद्दुद से लड़ना होगा। दुनिया में नेकी और ईमानदारी है, लेकिन बदी और झूठ भी है ! हम पाकिस्तानियों की तरह नहीं कि लोगों को कत्ल पर आमादा करें। हम काफी मासूम थे। उन्होंने हमपर हमला कर दिया। हमें इस हमले का मुकाबला करना है। कबायलियों के खिलाफ लड़ना हमारा इंसानी फर्ज है; लेकिन उनसे हमें हमदर्दी है जिन्होंने डरकर हथियार फेंक दिए हैं..."

उसके शब्द सुननेवालों के मन में उतर गए, चाहे उसने जानबूझकर एक वक्ता का ढंग नहीं अपनाया था। कारण यह कि उसने हमले की भयंकरता को महसूस किया था। नारों और जोशीली बातों का भी समय होता है, पर वे अब कवि की आत्मा में सुरक्षित थीं।

पिता ने उसके कथन का सत्य महसूस किया और अपने हुक्के के लिए चन्द और चिनगारियां लेने रसोई में चला गया।

मकबूल के शरीर से जो ऊष्मा निकल रही थी उसने नूर को अधिक आकर्षित किया जितना कि वह इस उम्र में किसी प्रेमी की ओर आकर्षित होती। जब उसने मेहमानों के आगे से खाली प्याले उठाए और नवागन्तुकों के लिए ताज़ा प्याले बनाए, तो उसका चेहरा चमक रहा था। उसने देखा कि मकबूल के प्याले की चाय पड़े-पड़े ठंडी हो गई थी।

"लेकिन आपका प्याला तो लबरेज़ है।..." अब जबकि पिताजी सुन नहीं सकते थे, नूर ने परिहास में कहा।

"ओह, साकी !" मकवूल ने शायरी की परिभाषा का प्रयोग किया, "मुझे नमकीन चाय का नया गरम प्याला दो।" वह बहन की ओर देखकर मुस्कराया और फिर जुमा, कादिर, सलीम और महमदू की ओर पलट गया।

वे भी उसकी ओर पलट गए और इस आशा में कि वह सब कुछ कहेगा, स्नेह से उसकी ओर देखने लगे।

उसने एक नज़र उनपर डाली और फिर कहा, "श्रीनगर जाते वक्त मैं तमाम रास्ते यह सोचता रहा कि मौत की हौलनाकियों पर नज़्म लिखूं। लेकिन जब मैं वहां पहुंचा तो इतनी ज़िन्दगी देखी कि दिल से तमाम खौफ निकल गया। यह सब अपने-आपमें और जद्दोजहद में एतमाद की बात है।...तभी हम आज़ादी की उम्मीद कर सकते हैं...रास्ते-भर मेरे मूड बदलते रहे। लोगों का मूड भी मुझपर आया। मैंने सोचा कि वे खुदा की रज़ा में ही राज़ी हैं। अगरचे मैं काफी मायूस था, लेकिन मुझमें कोई बात थी जो यह सब तस्लीम नहीं करती थी। जब मैंने श्रीनगर के लोगों को देखा तो मेरी हिम्मत बंधी। हमपर जो यह लानत ठूंस दी गई है, उसके खिलाफ मेरी रूह का ज़र्रा-ज़र्रा बगावत कर उठा। अब हम स्पिरिट को नज़र-अन्दाज़ नहीं कर सकते जो श्रीनगर के लोगों ने हम बारामूला के लोगों में भर दी है। वे चाहते हैं कि हथियार न डालें। मैं जानता हूं कि मौत कोई मज़ाक नहीं। मैं यह भी महसूस करता हूं कि यहां मुकाबला मुश्किल है। और यह भी ज़रूरी नहीं कि परियों की कहानी की तरह अंजाम (अंत) खुशगवार (सुखद) ही हो। इसके बावजूद हमें लड़ना होगा, हमें तकलीफों और मुसीबतों का सामना करना होगा। लेकिन यही तो वक्त है जिसमें इंसान, इंसान बनते हैं..."

नीचे दरवाज़े पर फिर दस्तक हुई। इस बार मां वहां नहीं थी, इसलिए नूर ने खिड़की से झांककर देखा। पठानों की एक पूरी टोली खड़ी

चिल्ला रही थी :

"वह मकबूल लुटेरा ऊपर है ! उसे नीचे भेजो ! गधे का बच्चा ! वह हमें दो बार चकमा दे चुका है !"

नूर खिड़की से लौटी तो उसका चेहरा पीला था और मुंह से बात नहीं निकलती थी।

"जाकर छिप जाओ।" उसने मकबूल से कहा।

उसके मां और बाप दौड़कर खिड़कियों से देखने लगे; जबकि जुमा, कादिर, सलीम और महमदू सिर छिपाने को स्थान खोजने लगे।

"वह यहां नहीं है।" मकबूल के बाप ने झूठ बोला।

"दरवाज़ा खोलो !"

"चले जाओ।" मकबूल की मां चिल्लाई।

इसका उत्तर धृष्टता में मिला।

महमदू आगे बढ़ा और बेसुध हो रही नूर को भाई से अलग करके मकबूल को धकेलकर कहा, "दौड़ो, जहां भी जा सकते हो चले जाओ..."

महमदू की सतर्क दृष्टि उसके विनम्र स्वर से सर्वथा भिन्न थी :

"जाओ, जाओ !"

"जाकर छिप जाओ।" जुमा ने धीरे से कहा।

मकबूल ने नूर के माथे पर हाथ फेरा और एक हताश दृष्टि इधर-उधर डाली। तब सिर के एक झटके के साथ उसने निर्णय किया।

"मैं घास के अम्बार में जाता हूं।" उसने महमदू से कहा।

"मैं भी आपके साथ चलता हूं।" गुला बोला।

"गुला !" महमदू ने बेटे को डांटा।

लेकिन बेटा पहले ही किचन की तरफ बढ़ गया था और वहां मकबूल के साथ जाने का इंतज़ार कर रहा था।

"बाहर जाने का रास्ता सिर्फ ऊपर की छत से है।" नूर ने आंखें पूरी

खोलकर कहा, "आओ, मैं तुम्हें दिखाती हूं..."

और वह भाई को रास्ता दिखाने के लिए उठ खड़ी हुई; लेकिन अपने पीछे भारी-भारी कदमों की चाप सुनकर गिर पड़ी। पाकिस्तानियों ने निचला दरवाज़ा तोड़ लिया था और जब मकबूल ऊपर छत पर जाने के लिए सीढ़ी चढ़ रहा था, वे दनदनाते हुए आ पहुंचे।

संतरी बैठक में आए। महमद को वे अपने साथ पकड़ लाए थे। उसे सबको दिखाकर कहा :

"वह कहां है शैतान का बेटा ?...उसे पहचानो !"

महमदू ने इनकार में सिर हिला दिया।

"ऊपर छत पर, ऊपर छत पर !" नूर कश्मीरी में बड़बड़ा रही थी, "मकबूल, जल्दी ऊपर जाओ।"

"वह क्या कह रही है ?" एक संतरी ने पूछा। उसकी लाल दाढ़ी आग की तरह दहक रही थी।

महमदू बोल नहीं सका। लेकिन उसकी इच्छा के विरुद्ध ही उसकी आंखे ऊपर उठ गईं, जिधर मकबूल गया था।

"सूअर ! उसने हमें फिर चकमा दिया। उसे पकड़ो...शायद वह उधर ऊपर गया है !"

स्थिति का निरीक्षण करने के लिए मकबूल अपने मकान की ढलवां छत के नुक्कड़ पर बैठ गया। बेहतर यह था कि गली के सिरे पर घरों की चपटी छतों तक पहुंचा जाए और फिर वहां से खेतों में छलांग लगा दी जाए।

मगर इससे पहले कि वह निश्चय करता, उसे ऊपर आ रहे कदमों की चाप सुनाई दी। इसलिए रुकने और सोचने का समय ही नहीं था। उसे दौड़कर जान बचानी थी।

उसकी आत्मा में एक विचित्र स्थिरता थी। फिर घबराहट महसूस हुई और उसका दिल ज़ोर-ज़ोर से धड़कने लगा। और उसने अपने

सामने टीन का परनाला देखा, जहां लकड़ी की छत खत्म हो जाती थी। बढ़ई अकबर के मकान की साथ लगती चपटी छत पर पहुंचने के लिए दस गज़ का फासला था। वह उसपर चल पड़ा।

पुराना टीन उसके पैरों तले लचकने और खड़खड़ाने लगा।...सूखे पत्ते चरमराए और लकड़ी के डंडे भी मचमचाए।

स्वच्छ नीले आकाश से सूरज का प्रकाश उसका पथप्रदर्शन कर रहा था। खतरा यह था कि अगर टीन टूट गया तो वह नीचे गिरकर मर जाएगा या फिर हमलावर उसे गोली का निशाना बनाएंगे, क्योंकि वे तो कमाल के निशानची थे। यह भी सम्भव था कि वह यह फासला तय करके अकबर की छत पर जा पहुंचे।

लो, वह अकबर की छत के बहुत निकट जा पहुंचा...

अचानक एक गोली उसके बायें बाज़ू को छूती हुई सन्न से गुज़र गई।

उसका बच जाना एक चमत्कार ही था, क्योंकि गोली सिर्फ तीस गज़ के फासले से चलाई गई थी।

चाहे वह जानता था कि वह बच गया है, लेकिन इस विचार-मात्र से कि उसपर गोली चलाई गई है, उसका सिर घूम गया।

उसने घूमकर कबूतरों के दरबे की छोटी खिड़की में से देखकर पहचाना कि गोली उसी संतरी ने चलाई है जिससे उसने अमीर हलवाई की दुकान पर बात की थी।

उसने सिर ढलवां छत की ओट में छिपा लिया और देखने लगा कि अब वे क्या करते हैं।

गोलियों की बौछार सुनाई दी और फिर वह चुनौती..."बाहर आओ!"

अगला क्षण युग बन गया।

शायद संतरी यह निश्चय कर रहा था कि उसके पीछे जाए या कोई दूसरा ढंग अपनाए।

इससे मकबूल को अकबर की छत से गली के आखिरी मकान की छत तक का फासला आंकने का अवकाश मिला—लगभग डेढ़ सौ गज़...

उसे खुली छतों और दीवारों पर चलना था और दूसरी गोली उसका काम तमाम कर सकती थी।

वह इन्तज़ार करने लगा।

"तमाम मकानों को घेर लो..."पाकिस्तानी चिल्ला रहे थे, "और उसे गोली से उड़ा दो!"

जहां वह छिपा बैठा था वहां से अकबर की दीवार तक तीन गज़ का फासला था। उसने गहरी सांस लेकर अपने-आपको संयत करने का प्रयत्न किया।

सहज बुद्धि से संतरी की गतिविधि जानने के लिए उसने अपने कुर्ते का एक छोर आड़ से ऊपर की ओर उठाया, ताकि संतरी देख सके।

और निश्चित रूप से एक गोली आई। उसका अनुमान था कि दोबारा बन्दूक भरने में कम से कम पांच सेकंड लगेंगे।

इसलिए वह दीवार की ओर लपका।

एक और गोली सनसनाती हुई पास से गुज़र गई।

अब कोई उपाय नहीं था। वह अकबर के बरामदे की ढलवां छत पर कूद गया। फिर बिना रुक आंगन में कूद गया।

चीखें...आवाज़ें...रोना...

लेकिन वह दरवाज़े की ओर बढ़ा।

वह सांकल खोलकर गली में चला गया।

हमलावर सब उसके घर में घुसे हुए थे। रास्ता साफ था।

वह दौड़ा।

उसकी सांस फूल गई, वह बिलकुल थक गया था और हाथ वह बुरी तरह छिल गए थे। वह चतुर घुड़सवार की तरह मोड़ घूम गया। घबराहट के धुएं के कारण उसे आंखों से कुछ दिखाई नहीं दे रहा था, उसका दिल

कबायलियों के उफ की तरह धड़क रहा था और हरएक धड़कन मौत की घंटी सुनाई पड़ती थी। उसके होंठों से आह-सी निकल रही थी।

तब उसके पीछे गोलियों की बौछार हुई। गोलियां सनसनाती निकल गईं।

प्रत्यक्ष था कि वे उसके पिता के घर से उतर आए हैं। आवाज़ सुनाई नहीं देती थी। लेकिन शायद वे उसे आ पकड़ें।

एक कारतूस सामनेवाले पुराने राजा के मकान के दरवाज़े में जाकर लगा।

...आवाज़ें!...

... वे अवश्य उसका पीछा कर रहे थे...

वह जूनी जुलाही के घर के आगे बने चौंतरे पर से कूद गया। मुर्गियां जो 'कुत-कुत' करती उसके आगे उड़ रही थीं, वह उनके पास से निकल गया।

...मौन !...

...फिर आवाज़ें, गालियां और चुनौती...

वह समझ नहीं पा रहा था कि कौन उसे दौड़ने की प्रेरणा दे रहा था और कौन रुकने को कह रहा था।

उसकी मां रो रही होगी, बहन बेहोश हो गई थी...'अल्लाह का शुक्र है !' बाप कह रहा होगा।

अल्लाह ! कहां है वह ? वह हमेशा बेगुनाहों ही के खिलाफ क्यों है ?...जब तक भाग्यवाद पर विश्वास जड़ से नष्ट नहीं हो जाता और आत्मा पुनरुज्जीवित नहीं हो पाती, मुक्ति सम्भव नहीं।...नूर का चेहरा मुट्ठी में भींच दिए गए फूल जैसा था...जब वह निस्सहाय खड़ी हुई थी और मां का लटका हुआ चेहरा भय से विकृत था। पिता का अनुभवी चेहरा महमदू के चतुर मुख की भांति तनिक उतर गया था; लेकिन स्थिर था !...खुदा अगर है तो उन्हें कैसे दंड दे सकता है ?...

इस भावातिरेक के कारण कदम सुस्त पड़ गए।

उसने अपने-आपको संभाला और मुड़कर देखा तो हमलावरों की टोली उसके सिर पर आ पहुंची थी।

उनके सिर और धड़ साफ दिखाई दे रहे थे और उन्होंने राइफलें तान रखी थीं। मकबूल सिर से पांव तक कांप गया।

वह पूरे मनोबल से दौड़ा।

फिर गोलियों की बाढ़।

एक गोली उसकी एड़ियों के पीछे गिरी।

वह उछला।

उछलते रहने में बचाव था।

शायद वे उसे गोली से मारना नहीं चाहते थे। यही कारण था कि वे गोलियां पैरों पर चला रहे थे।

जब वह उछलकर धरती पर आया, उसका दायां पांव नाली की चिकनी मिट्टी पर से फिसल गया और वह लड़खड़ाया।

वह सिर के बल धरती पर जा गिरा।

क्या मूर्खता हुई ! पाकिस्तानी उसे आ दबोचेंगे।

उसने पड़े-पड़े सांस ली और उठ खड़ा हुआ।

पीछा करनेवालों का अगला दस्ता आ पहुंचा।

उन्होंने बंदूकों के कुन्दों से मारना शुरू किया। अपनी टूटी-फूटी पंजाबी में गंदी गालियां दीं, मुंह पर चपत मारे और बगलों में धूंसे। उन्होंने उसे इधर-उधर धकेला, फिर चपत लगाए और आगे खींचा, यहां तक कि वह गिर पड़ा।

उन्होंने उसे उठाया और घसीटते हुए ले चले। क्रोध के मारे वे झाग उगल रहे थे और गालियां बक रहे थे।...

पाकिस्तानी उसे एक पुरानी सराय के अहाते में ले गए। उनके आने

से पहले बारामूला के तांगेवाले इस सराय को घोड़ों के अस्तबल और रिहाइश के तौर पर इस्तेमाल करते थे।

गंदे अहाते में कबायली ठसाठस भरे हुए थे। वे मूंज की चारपाइयों पर अपने बिस्तरों के सहारे बैठे ऊंघ रहे थे। कुछ गप लड़ा रहे थे और कुछ दर्मियान में पड़ा हुक्का गुड़गुड़ा रहे थे। जब मकबूल तनी हुई संगीनों के आगे-आगे भीतर आया तो इन दरिंदों की ऊंघती हुई आंखें उसकी तरफ उठ गईं। मकबूल दिल ही दिल में कुढ़ रहा था। उसने आंखें ऊपर नहीं उठाई और बिना देखे ही आगे बढ़ चला।

"काफिर !" एक संतरी ने घोषित किया।

सबके सब पलकें ऊपर उठाकर कैदी की ओर देखने लगे और एक क्षण के लिए हुक्के की गुड़गुड़ बन्द हो गई। अस्तबल के एक किनारे जो घोड़े बंधे हुए थे, उनमें से कुछ एक-एक करके हिनहिनाए जैसे उन्हें भी मकबूल की हालात का एहसास हो; और हमलावरों ने एक-दूसरे से कुछ कहना शुरू किया।

घोड़ों के सुमों से जो लीद अहाते में फैल गई थी मकबूल ने उसकी तीव्र दुर्गंध अनुभव की और देखा कि गंदगी के ढेर पर मक्खियां भिनभिना रही हैं।

जब मकबूल का ध्यान बदल गया था, एक लम्बा-पतला व्यक्ति उसके निकट आया। कारतूसों की पेटी उसके बायें कंधे पर से होती हुई दायीं बगल में लटकी हुई थी। तुम हमारा हुक्म नहीं मानता—क्या तुम्हें अपनी जान अज़ीज़ नहीं ?" उसने मकबूल से कहा।

मकबूल चिढ़ गया और उसके मन में आया कि उत्तर दे; पर वह चुप रहा।

संतरियों ने लम्बे आदमी को अपनी भाषा में रिपोर्ट दी और उसने उन्हें कुछ हुक्म दिया। इसके बाद संतरी उसे एक कोठरी के छोटे दरवाज़े की तरफ ले चले।

"जमान खां का हुक्म है," एक संतरी बड़बड़ाया, "कि तुम तब तक यहां रहोगे जब तक सरदार खुरशीद अनवर आकर तुम्हारी किस्मत का फैसला न कर दे।"

मकबूल ने यह जानकर सांत्वना की सांस ली कि वह कुछ देर के लिए, चाहे बहुत थोड़ समय के लिए ही सही, उनसे दूर रहेगा। वह आप ही आंप आगे बढ़ा। उसे यों महसूस हो रहा था जैसे संगीनें उसकी छाती में चुभ रही हों। आखिर जमान खां आगे बढ़ा। उसने पुराने ढंग के खस्ता दरवाज़े की सांकल खोली और उसे खोल दिया। पीछे से एक संतरी ने इतने ज़ोर की लात ज़माई कि वह लगभग सिर के बल कोठरी में जा गिरा। लेकिन एक बड़ी चारपाई ने, जो आधे कमरे में बिछी हुई थी, उसे गिरने से बचा लिया। उसके होंठों से आह निकल गई।

"काफिर ! अब तुम खुदा पर ईमान लाओगे !" उस संतरी ने कहा, जिसने उसे लात मारी थी।

ज़मान खां ने दरवाज़ा बंद करते और सांकल लगाते हुए कुछ और हुक्म दिए।

मकबूल ने दृढ़ निश्चय कर लिया था कि उसे विद्रोही के स्वाभिमान का जो भी दंड मिलेगा, उसे भुगतेगा। फिर भी उसका दिल धड़क रहा था।

यह आठ फुट लम्बी और छः फुट चौड़ी अजब स्टाइल की कोठरी थी। दीवार की खूंटी पर चमड़े की टूटी हुई ज़ीन लटक रही थी, जिससे वह किसी तांगेवाले का घर मालूम होता था। इस अंधेरी कोठरी में मकबूल का अपने भय से आमना-सामना हुआ। बंदूकों के कुंदे अब उसके शरीर में चुभ नहीं रहे थे, इस बात से उसे सांत्वना मिली।

वह चारपाई पर बैठ गया और उसकी टांगें सामने नांद पर थीं।

उसके मस्तिष्क में हर तरह के विचार उठ रहे थे। उसके माता-पिता क्या सोच रहे होंगे? निश्चित रूप से मां रो रही होगी, पिता उदास और क्रुद्ध होगा और बहन जैसीकि उसकी आदत है, चुपके-चुपके आंसू बहा रही होगी। अगर उसे सिर्फ उनसे बात करने, उन्हें तसल्ली देने और यह बताने की आज्ञा मिल जाती कि वह लड़ने का निश्चय कर चुका है तो वह संतुष्ट हो जाता।

लेकिन इन वहशियों ने उसे यहां लाकर बन्द कर दिया। अजीब बात है कि इनका नारा 'अल्लाहो अकबर' है। उसने सोचा, क्योंकि वह केवल पैदायश से मुसलमान है, कर्म से नहीं, सिद्धांत से नहीं, इसलिए उसे इसके लिए दुःखी होने की कोई ज़रूरत नहीं। मुद्दत से उसने जुम्मे की नमाज़ नहीं पढ़ी थी—पिछली ईद के बाद से कोई नमाज़ नहीं पढ़ी थी कारण यह कि मस्जिद में जब सुबह की नमाज़ होती थी इधर मौलसिरी के पेड़ से सुगन्ध के झोंके आते थे। उसे खयाल आया कि रमज़ान के पवित्र महीने में मां ने उसे कम से कम एक रोज़ा रख लेने का आग्रह किया था। लेकिन उसने मां की प्रार्थना का उपहास करते हुए कहा था कि उसे राजनीतिक कार्यकर्ता के नाते बहुत-से जब्री रोज़े रखने पड़ते हैं। गांव-गांव घूमते हुए वह खाना भूल ही जाता है। यों हमलावर अपने दृष्टिकोण से ठीक ही थे। उनके लिए यह जिहाद है—धर्मयुद्ध है, जिसमें तमाम विरोधी और उनके मित्र काफिर हैं, जिन्हें मिटा देना सवाब (पुण्य) है। यह कट्टरता बड़ी ही भयंकर थी, क्योंकि यह मनुष्य को बर्बद बनाती थी और हत्या करते समय मन में तनिक भी आशंका नहीं उठती थी।

लेकिन कोठरी के अंधकार में इस प्रकार का तर्क अपने मन को सांत्वना देना-मात्र था, और बस...

भय के अतिरिक्त जो हर तरफ से उसकी आत्मा को कोंच रहा था। लकड़ी के भद्दे शहतीरों की नीची छत—जिसपर तांगेवालों के सामान

के अम्बार लगे थे, जिनपर चूल्हे के धुएं की कालिख छाई थी—के तले उसका दम घुटा जा रहा था।

उसने तख़्तों के बीच एक कनखजूरे को चलते देखा तो उसे ध्यान आया कि कोठरी में दूसरे कीड़े—शायद बिच्छू, चूहे और सांप भी होंगे। उसने मूंज की गंदी चारपाई पर नज़र डाली और उसे विश्वास था कि इसमें खटमल होंगे। स्वच्छ जीवन की भावना जिसके कारण उसे अपने घर की विपन्नता और गरीबों की झोंपड़ियों की गंदगी खटकती थी, उसके मन में उभर आई और वह यह सोचकर विक्षुब्ध हो उठा कि अगर रात को भी यहां रहना पड़ा तो ये जीवजंतु उसके शरीर पर चढ़ जाएंगे।

सहसा उसे महसूस हुआ कि उसके अपने कपड़े मैले, गंदे और फटे हुए हैं और उसके मुंह में कसैलापन-सा भर आया, जो कुछ तो वातावरण की दुर्गंध के कारण था और कुछ प्यास के कारण।

ज्योंही उसे प्यास मालूम हुई तो वह और सारी भावनाओं पर छा गई। प्यास बुझाने के लिए उसने जिह्वा होंठों पर फेरी और परिणाम यह हुआ कि कसैलापन और बढ़ गया।

उसकी आंखें अंधेरे में घड़ा ढूंढ़ने लगीं जो उसने सोचा अवश्य वहां होगा। अब वह अंधेरे का अभ्यस्त हो गया था और चूल्हे के पास उसे एक बर्तन दिखाई पड़ा। वह लपककर गया और देखा कि मिट्टी का एक चिकना प्याला कोने में रखे घड़े पर ढंका हुआ था। उसने जल्दी से घड़े को एक ओर टेढ़ा करके प्याला भरा और पानी पी लिया। लेकिन पीने के बाद पता चला कि पानी बासी था।

अब पेशाब की हाजत महसूस हुई। यह भद्दी, पर स्वाभाविक इच्छा उसे अपनी अंतिम मानहानि जान पड़ी। वह इसकी तीव्रता से घबरा गया और अजीब लाचारी और परेशानी महसूस करने लगा। ऐसी ही स्थिति का सामना एक बार स्कूल में हुआ था, जब मास्टर ने उसे छुट्टी नहीं दी

थी और पेशाब सलवार में निकल गया था।

थोड़े-से संकोच और कमरे के दर्मियान दो-चार चक्कर काट लेने के बाद उसे विश्वास हो गया कि आत्मसम्मान त्यागकर उसे इस इच्छा से निवृत्त होना होगा और वह अंधकार में एक कोने की ओर बढ़ा।

इतनी देर में वह उस गंदे और घृणास्पद वातावरण का अभ्यस्त हो उठा था, इसलिए जब चारपाई पर बैठा तो काफी शांत था।

कोई विशेष तीखी दुर्गंध न आने से उसे आत्मसंतोष अनुभव हुआ। एक पल के लिए उसे ऐसा लगा जैसे उसका पुनर्जन्म हुआ हो, चाहे दूसरे ही क्षण नैराश्य ने उसे धर दबोचा। उसके जीवन की वक्ररेखा में चिंता ही एक विशेष बिन्दु था, जिसपर किस्मत लटकी रहती थी।

उसके मन में यह विचार आया कि खुरशीद के हुक्म से उसे अहाते में, गले में रस्सी बांधकर वहां लटका दिया जाएगा; उसका रक्त अस्तबल की लीद के बीच धरती पर जम जाएगा और उसके शरीर में जीवन का एक कण भी शेष नहीं रहेगा। यह सब कितना भयंकर होगा कि कोई दूसरा इसकी कल्पना भी नहीं कर सकता। उसने महसूस किया कि इस कालकोठरी के मुकाबले में यह भी सही है। शायद सिर्फ उसक बहन नर आएगी और उसके शव को वहां लटकते देखेगी। उसकी आंखों में आत्मकरुणा के आंसू उमड़ आए और उसने महसूस किया कि वह बहन के लिए अंतिम संदेश लिखे।

उसकी आंखें अब प्रकाश खोजने लगीं। आर सहज स्वभाव से वह दरवाज़े की दरारों के निकट चला गया। प्रकाश-रेखा से आंखें इंच, दो इंच दूर रखकर वह शायद लिख सकता था।

वह दरवाज़े से पीठ लगाकर फर्श पर बैठ गया। प्रकाश इतना क्षीण था कि उसे इधर-उधर हिलकर अपने-आपको संतुलित करना पड़ा।

वह कुर्ते की जेब में नोटबुक और पेंसिल खोजने लगा, जो उसे मिल गई। कुछ देर उसका मन अंधकार में इधर-उधर भटकता रहा, उसमें अस्पष्ट भावनाएं उठ रही थीं और भावी घटनाओं के बारे में घबराहट थी। तब उसे नूर के केशों की लम्बी चोटियां स्मरण हो आईं, जिन्हें वह उसे चिढ़ाने के लिए प्यार से खींच लेता था। फिर चोटियों से उसे बहन के हाथों की याद आई जबकि वे सोते वक्त सिरहाने पर पड़े रहते थे, रसोई में उसके अंगों की स्फूर्ति और आंखों में कोमल कौमार्य...उसने लिखना शुरू किया।

"मेरी नन्हीं बहन नूर ! अब हम नहीं मिलेंगे !"

अंधेरे में दरार के प्रकाश में छोटी-सी पेंसिल से लिखते हुए तबीयत संभली और वह लिखता रहा।

जिस बीच मकबूल बहन को पत्र लिख रहा था, उसके लिए समय का कोई अस्तित्व नहीं रह गया था। क्योंकि जो कुछ भी बुरे से बुरा हो सकता था, उसकी संभावनाओं के विषय में वह पहले ही सोच चुका था। लेकिन अभी कुछ न कुछ होने वाला है, इसका इन्तज़ार करते-करते उसे एकाएक विचार आया कि इस कोठरी के बाहर जीवन उसी गति से चल रहा है। और जब उसे विश्वास हो गया कि बात ठीक ऐसी ही है, तो उसके मन में उनके प्रति ईर्ष्या जागी जो अब भी सक्रिय थे। उसके मन में एक हूकसी उठी—काश ! मैं भी उनके साथ होता !...

सहसा अहाते में कोलाहल सुनाई पड़ा। उसने दरार में से झांककर देखा कि खुरशीद अनवर एक छोटे-से जुलूस के साथ आया है और ठिगना अहमदशाह सबसे आगे है।

अहाते में बैठे कबायली उठे और हाथ माथे पर ले जाकर सलाम किया।

"गद्दार शेरवानी कहां है ?" अहमदशाह ने आगे बढ़कर पूछा।

लम्बे ज़मान खां ने कोठरी की ओर संकेत किया। "खुरशीद साहब के लिए चारपाई बिछा दीजिए। हम काफिर का फैसला अभी करते हैं।" अहमदशाह ने कहा।

कुछ सिपाही जो पहरेदारों के तौर पर ज़मान खां के साथ कोठरी के पास चारपाई पर बैठे थे, इधर-उधर चले गए और चारपाई के आगे का स्थान खाली हो गया।

अहमदशाह ने लपककर एक कम्बल चारपाई पर बिछाया और खरशीद अनवर के बैठने की जगह बनाई।

इस बीच में ज़मान खां कोठरी की ओर बढ़ा। दरवाज़ा खुलते ही-मकबूल का सामना हुआ जो किवाड़ की दरार से आंखें लगाए खड़ा था।

"बाहर आओ !" उसने कर्कश स्वर में कहा और तीन सिपाही उसे पकड़ने के लिए बुलाए।

मकबूल का हृदय—व्यथित हृदय संयम के बावजूद ज़ोर-ज़ोर से धड़क रहा था। उसे मौत का आभास हो रहा था। चाहे उसने जजों को अहाते में आते देख लिया था, लेकिन अनिश्चितता भयंकर थी।

तीन सन्तरियों ने उसे खींचकर बाहर निकाला और अपनी बन्दूकों के सिरों से धकेलते हुए उसे खुरशीद अनवर की जंगली अदालत में ले गए।

बिना किसी औपचारिकता के अहमदशाह ने पूछताछ शुरू की। वह आत्मनियुक्त पब्लिक प्रासीक्यूटर के मिथ्याभिमान में इधर-उधर अकड़कर चल रहा था।

"क्यों रे काफिर, क्या तुम्हें अब भी पछतावा नहीं?"

मकबूल इस व्यक्ति की निर्लज्जता पर अवाक् रह गया जो अपने नये आकाओं (स्वामियों) को प्रसन्न करने के लिए इतना उत्सुक था। कोठरी में उसने जो समय बिताया था उससे उसका मस्तिष्क शिथिल हो

गया था और वह अभी तक बाहर का अभ्यस्त नहीं हुआ था।

वह उस प्रक्रिया को समझ ही नहीं पा रहा था, जिससे एक मानव कहलानेवाला व्यक्ति इतनी जल्दी बदल सकता है। उसके मन में अस्पष्ट-सा विचार आया कि अहमदशाह के रवैये में इस परिवर्तन का कारण उसकी महत्त्वाकांक्षा और प्रलोभन है जिससे इस बौने की शारीरिक दुर्बलता की पूर्ति होती है।

अपने पुराने सहकारी के प्रश्न का उत्तर देने के बजाय वह पैरों के बल बैठ गया।

अहमदशाह क्रोध में भरा आगे बढ़ा और मकबूल को इतने ज़ोर की ठोकर लगाई कि वह पीछे जा गिरा।

इस अकस्मात् आक्रमण से मकबूल का सिर चकरा गया। वह अहमदशाह की ओर देख रहा था और यह समझने में असमर्थ था कि दो कश्मीरियों का सम्बन्ध-सूत्र राजनीतिक विचार बदलने-मात्र से सर्वथा टूट सकता है। कुछ भी हो उसे इस दृश्य पर विश्वास नहीं हो रहा था। लगता था जैसे वह नरक में हो। और अपने इर्द-गिर्द खड़े लोग उसे जिब्रील के भयंकर यमदूत जान पड़ते थे। जितना वे उससे नफरत करते थे उससे कहीं अधिक वह उन सबसे नफरत करता था। अपने मन में वह उनसे मुक्त था क्योंकि उसे विश्वास था कि उनके अभद्र अपमान की अपेक्षा उसकी संवेदनाएं कहीं विस्तृत हैं। अपने इस्लामी भाइयों के प्रति इस उपेक्षा-भाव ने उसकी शारीरिक पीडा से मिलकर मुस्कान का रूप धारण किया।

लेकिन उसने अपने-आपको इस मुकदमे के बर्बर खिलवाड़ के विरुद्ध व्यक्त करने से रोका। वह उठकर बैठ गया और अपनी लाल आंखों के कोनों से अपने सतानेवालों को देखने लगा। वह बार-बार आंखें झपकता था ; जैसे खुरशीद अनवर और सिपाहियों के कटु अस्तित्व और अहमदशाह की कलाबाज़ियों के बारे में, जो नये समाज का ठोस गोल

स्तम्भ बना हुआ था, अपने-आपको विश्वस्त करना चाहता हो। उसे उस शेर की तरह क्रोध आया जो सतानेवालों को अपनी पूंछ मरोड़ते देख रहा हो, पर उनकी हरकतों को समझ न पाता हो।

आखिर खुरशीद अनवर का स्पष्ट, तीखा पंजाबी स्वर गूंज उठा:

"तुमसे जो सवाल पूछे जा रहे हैं उनका जवाब दो! वरना हम इकबाल कराने के दूसरे तरीके अपनाएंगे! ...अगर तुम अब भी तौबा (पश्चात्ताप) करो और समझो कि तुम काफिर नहीं बल्कि मुसलमान पैदा हुए थे तो हम तुम्हें मुआफ कर देंगे...जमान खां उसके पास खड़े हो जाओ और..."

अहमदशाह ने खुरशीद अनवर की बात काटी :

"हमारी इस फतह के वक्त सरदार खुरशीद अनवर तुमसे फराखदिली (उदारता) का सलूक कर रहे हैं। आज रात हमारी फौज श्रीनगर में दाखिल होगी। इसलिए मैं तुम्हें एक बार फिर अपने खयाल बदलने का मौका देता हूं। मेरे साथ दोहराओ—मैं कश्मीर नेशनल कान्फ्रेंस की मेम्बरी छोड़ता हूं।"

मकबूल अभी शारीरिक अपमान के आघात ही से संभल नहीं पाया था कि प्रधान न्यायाधीश और वकील ने एकसाथ मानसिक आघात पहुंचाना शुरू किया। वह अपनी बात कहना चाहता था, लेकिन शारीरिक स्थिति के कारण अपनी प्रतिक्रिया व्यक्त नहीं कर पाया।

"ज़मान खां!" अहमदशाह चिल्लाया।

"अरे काफिर, जवाब दे!" ज़मान खां ने कहा और मकबूल के ऊपर झुककर ज़ोर का चपत रसीद किया।

मकबूल के भीतर का सिंह चपत से घबराकर बैठ गया और उसकी आंखें और चेहरा क्रोध से तमतमा उठा। और फिर उसने अवचेतन में महसूस किया कि ये तो कठपुतलियां-मात्र हैं, इनपर क्रोध व्यर्थ है।

उसने सुन रखा था कि ऐसा अनाचार उस समय भी हुआ था, जब 'भारत छोड़ो' आन्दोलन के दिनों में ब्रिटिश सरकार ने जयप्रकाश नारायण को लाहौर के किले में यातनाएं दी थीं, या फिर नाज़ा जर्मनी के नज़रबन्दी कैम्पों में कैदियों को सताया जाता था। लेकिन उसने यह कभी कल्पना भी नहीं की थी कि दूसरे विश्वयुद्ध के बाद, और वह भी कश्मीर में, ऐसा होगा।

"यह सब कुछ किए बगैर ही आप मुझे मार सकते हैं। आप ख्वाहमखाह इस अदालती स्वांग को लम्बा क्यों कर रहे हैं?" आखिर उसने कहा।

"खुरशीद साहब तुमसे फराखदिली दिखा रहे थे!" अहमद गरजा, "वे तुम्हें मौका देना चाहते थे। लेकिन तुम नाशुक्रे और ज़जील हो। तुम हिन्दू महाराजा और उसके मददगार नेहरू के गद्दार गुलाम हो मुझे जवाब दो—तुम तौबा करते हो या नहीं?"

मकबूल इस ठिगने आदमी को यों मुंह बनाते देख मन ही मन हंसा। वह अहमदशाह के मोटे थुलथुले धड़ के नीचे उसकी पत्थर की भांति सिकुड़ी एवं अकड़ी हुई टांगें देख रहा था। उसने वकील के बायें कठोर हाथ को भर्त्सना में उठते देखा और उसने महसूस किया कि इस लकड़ी और चिथड़ों के बने पुतले को उत्तर देने से कोई लाभ नहीं। वह उसकी ओर विमूढ़ की भांति देखता रहा।

"जवाब दो!" अहमदशाह चिल्लाया।

"आप क्या जानना चाहते हैं?" मकबूल ने कहा। उसे डर था कि वकील के इशारे पर ज़मान खां या उसके पीछे खड़े हुए बन्दूकोंवाले संतरी फिर हमला करेंगे। इसलिए उत्तर न देकर चपत खाने के बजाय उसे मानसिक कष्ट सह्य जान पड़ा।

कैदी के जवाब से प्रोत्साहित होकर अहमदशाह ने उसपर सवालों की बौछार की।

"कुछ दिन पहले तुम श्रीनगर चले गए थे और अब हमारे मुस्लिम भाइयों की आज़ाद फौज के खिलाफ षड्यन्त्र करने लौटे हो! श्रीनगर और बारामूला के अपने साथियों के नाम मुझे बताओ!"

अहमदशाह के नाटकीय ढंग पर मकबूल दांत पीसे बिना न रह सका।

"यह हंसने की बात नहीं! मुझे जवाब दो! कल आने के बाद से तुम क्या करते रहे हो? तुम किस-किससे मिले? मुझे तफसील से बताओ?"

मकबूल गम्भीर मुद्रा बनाए उसकी ओर देखता रहा।

अहमदशाह ने उससे आंखें चुराकर कहा :

"कल रात से तुम कितने लोगों से मिले हो?"

मकबूल ने बार-बार सबकी ओर देखा और फिर आंखें घुमा लीं क्योंकि उसके घूम रहे दिमाग को वे सब लोग 'कैलेडोस्कोप' में तांडव नृत्य-सा करते भयंकर चित्र-से जान पड़े।

"अगर तुम जवाब नहीं दोगे तो ज़मान खां दूसरे तरीके से सचाई उगलवाएगा! खुरशीद अनवर ने धमकी दी, "अगर तुम्हें जान अज़ीज़ है तो एक शरीफ आदमी और ईमानदार मुसलमान बनो और जवाब दो!"

"तुम अब भी भारत के तरफदार हो? क्यों, हो ना?" अहमदशाह चिल्लाया।

"कभी तुम भी थे।" मकबूल ने जैसे अपने-आपसे कहा।

"लेकिन मैंने उन गद्दारों का साथ छोड़ दिया है, जिन्होंने कश्मीर को महाराजा और नेहरू के हाथ बेच दिया है। मैं तुम्हारे तमाम लीडरों के मुंह पर थूकता हूं। ज्योंही हमारी फौज कश्मीर में दाखिल होगी, मैं उनपर कश्मीर के लोगों पर ज़ुल्म ढाने के जुर्म में मुकदमा चलाऊंगा। और चूंकि मैं तुम्हें पहले से जानता हूं इसलिए तुम्हें मुझसे रहम की उम्मीद नहीं

करनी चाहिए...तुम्हारी ज़िन्दगी बख्श देता अगर तुम तौबा कर लेते। मगर तुम मेरी बेइज़्ज़ती करने की जुरअत करते हो..."

"कोई बात नहीं!" खुरशीद अनवर ने कहा, क्योंकि उसने महसूस किया कि कबायलियों के आगे अपने पुराने कारनामों की पोलें खुल जाने के भय से उसका पिट्ठू कठोर बन रहा है। "अब वक्त ज़ाया न करो। जल्द ही शाम की नमाज़ का वक्त हो जाएगा। कार्रवाई आगे बढ़ाओ..." और उसने पश्चिम की लालिमा की ओर देखा जहां सूरज डूब रहा था।

"तुम नेहरू के साथ हो। और श्रीनगर में तुम्हारे लीडर भारत के साथ हैं। तुम सबने मिलकर भारतीय फौज को दावत दी है कि वह कश्मीर की मुकद्दस खाक को नापाक बनाए जबकि कश्मीर के लोग पाकिस्तान से मिलना चाहते हैं और तुम और तुम्हारे दोस्त हिन्दुस्तानी फौज की मदद कर रहे हैं। तस्लीम करो कि तुम एक गद्दार हो!..."

खुरशीद अनवर की आंखों के साथ-साथ मकबूल की आखें भी पश्चिम के आकाश की ओर उठ गई थीं इसके अलावा उसे दूर क्षितिज पर गड़गड़ाहट सुनाई दी।

उसका ध्यान बंट गया। अतएव उसने अहमदशाह के भयंकर आरोप सुने तो सही, पर उनकी ओर ध्यान नहीं दे पाया। वकील के प्रति अपने घृणा-भाव के कारण उसने उसकी आवाज़ की यांत्रिक तीव्रता की उपेक्षा की और वह दूर झांकने लगा।

"होश में आओ, बहन..." खुरशीद ने उसे 'बहन' की भोंडी गाली देकर कहा, "क्या तुम्हें अपनी ज़िन्दगी अज़ीज़ नहीं?"

"मुझे अपनी ज़िन्दगी की बजाय बहन की इज़्ज़त ज़्यादा अज़ीज़ है।" मकबूल ने उत्तर दिया, "इसलिए मुझे यों गाली न दीजिए!"

"ज़लील, सूअर!" अहमदशाह चिल्लाया, "तुम अपनी गद्दारी पर बदस्तूर कायम हो और महसूस नहीं कर रहे कि खुरशीद साहब और

ज़मान खां का एक लफ्ज़ तुम्हारी ज़िन्दगी खत्म कर देगा। अब भी तौबा करो, वरना मैं मजबूर हो जाऊंगा कि अदालत को अपना फैसला सुनाने के लिए कहूं।"

वकील की घृणित गाली से मकबूल का दम घुटने लगा। उसने लम्बी सांस ली, थूक निगला और गुस्सा पीकर चुप हो रहा।

"बोलो, और खुरशीद साहब से मुआफी मांगो!" अहमदशाह ने गरजकर कहा।

मकबूल को विश्वास था कि जब वह मरने को तैयार है तो निस्संकोच अपनी बात कह सकता है। साथ ही यह भी स्पष्ट था कि जज के मत के विरुद्ध विचार व्यक्त करने का कोई लाभ नहीं है, फिर भी उसे अनुभूत सत्य तो कहना ही चाहिए।

"सच की आवाज़ नहीं है।" उसने मुंह के कड़वे थूक में शब्दों को चबाते हुए कहा, "इस वक्त सिर्फ झूठ का दौर-दौरा है...और मेरे पास कोई सहारा नहीं ; ज़बान में ताकत नहीं और मेरी बात का आप लोगों पर कोई असर नहीं...यह सरज़मीन—जिसने मुझे जन्म दिया है, यह सरज़मीन जो मेरे लिए एक नज़्म है—मैं आपको कैसे बताऊं कि मुझे इससे कितनी मुहब्बत है! इसकी वादियों में सदियों से दुःख की आहें उठ रही हैं। हम राजाओं के ज़ुल्म से नजात पाने के लिए जद्दो-जहद कर रहे थे—मादरे-वतन (मातृभूमि) की आज़ादी के लिए लड़ रहे थे क्योंकि हमें उसके दुखते प्यार और दर्द-भरी ममता का एहसास है।... और आपने आकर उसे नापाक (अपवित्र) और बेइज़्ज़त किया! यह कैसे मुमकिन है कि हम खामोश देखते रहें और आपके ज़ुल्म की मुखालिफत न करें! तमाम हमलावरों का यही रवैया होता है ; वह मै खूब समझता हूं और भाड़े के टट्टुओं को मुआफ कर सकता हूं। लेकिन ओह अहमदशाह, तुम्हारी यह कमीनगी मुआफ नहीं कर सकता! क्या तुम्हारे दिल में कमज़ोरों के लिए रहम का

इंसानी जज़्बा बिलकुल नहीं है ?"

अहमदशाह दौड़कर गया, और इतने ज़ोर से उसे ठोकर मारी कि मकबूल फिर पीछे जा गिरा।

"मैं इसके लिए फौरी मौत का मुतालिबा (मांग) करता हूं। वह खुद अपने बागी होने का इकबाल करता है ! और वह तौबा को तैयार नहीं है।"

"चोर काज़ी पर इलज़ाम लगा रहा है।" खुरशीद अनवर बड़बड़ाया। उसके स्वर में अपराध का भाव था, क्योंकि हमलावर होने के बावजूद मकबूल के शब्दों ने उसे प्रभावित किया था। फिर उसने नाटकीय ढंग से जज के से अंदाज़ में कहा, "अगर कैदी मुद्दई बन जाए और वकील को गालियां देने लगे, तब सिर्फ एक ही बात बाकी रह जाती है..."

वह कुछ इस अन्दाज़ से उठा जिससे जान पड़ता था कि वह सज़ा सुनाने के लिए अपने-आपको समर्थ अनुभव नहीं कर रहा।

"ज़मान खां, इसे वहां बांधकर गोली मार दो !" अहमदशाह ने लम्बे संतरी की ओर बढ़ते हुए कहा, "खुरशीद साहब, आप क्या फरमाते हैं ? आपको आखिरी फैसला देना है !"

खुरशीद अनवर ने सकारात्मक ढंग से सिर हिलाया, लेकिन साथ ही कहा, "लेकिन सज़ा देने से पहले ऊपर के हुक्काम से इजाज़त लेनी होगी। ज़मान खां, इसे रात-भर उसी कोठरी में बन्द रखो..."

ज़मान खां ने झुककर मकबूल का कंधा थपथपाया और उसे उठने को कहा।

मकबूल अनमना-सा उठ खड़ा हुआ। वह न कुछ सोच सकता था और न महसूस कर सकता था। पर जीने के सहज अनुराग से उसका दिल फिर धड़कने लगा। उसे लगा जैसे अपने सतानेवाले कठपुतलों की तरह वह भी एक कठपुतला है, इसलिए इस सबकी व्यर्थता का भान उसे हो

आया। वह यंत्रचालिता-सा अस्तबल की उस कोठरी की ओर चल पड़ा जिधर ज़मान खां उसे ले जा रहा था।

कोठरी के अंधेरे में लौटकर मकबूल को कुछ सांत्वना अनुभव हुई, चाहे अपने अस्तित्व के दूसरे भाग में वह यह भी इच्छा कर रहा था कि उन्होंने उस संक्षिप्त-से मुकदमे के बाद उसी समय मारकर उसके दुःख का अन्त कर दिया होता तो ज़्यादा बेहतर होता, बजाय इसके कि उसको यों इस कालकोठरी में आशंका और मन के आतंक की स्थिति में ला पटकते। लेकिन कहीं न कहीं मन के किसी कोने में मुक्ति की आशा भी बनी हुई थी।

जिरह से उसका दिमाग चकरा गया था और वह इतना थक गया था कि चारपाई पर लेट गया।

रात हो रही थी; इसलिए कमरे में अंधेरा बढ़ चला था। चाहे उसकी आंखें अंधेरे की अभ्यस्त हो चुकी थीं, पर वह ठीक से देख नहीं सकता था।

उसने सोने का प्रयत्न किया; लेकिन उसके भीतर उन्माद की लहरें-सी उठ रही थीं, जिससे उसका दिल उसकी इच्छा के विरुद्ध ज़ोर-ज़ोर से धड़क रहा था और उसके सिर-पीछे और कनपटियों में दर्द था। इस घबराहट के कारण वह अपनी बंद आंखों के सामने टिमटिमा रहे तारों में पहुंचना चाहता था। लेकिन उसे अपना मस्तिष्क रिक्त—एकदम रिक्त जान पड़ता था, क्योंकि उसके भीतर से शिथिलता उठकर उसके अस्तित्व को लील रही थी और उसे उसके गिर्द फैले अंधकार की भांति निश्चल बना रही थी। लगता था कि जैसे उसे लकवा मार गया हो और वह जमे हुए मुरब्बे की भांति ठंडा और स्थिर हो। एक विचित्र ठंड भीतर ही भीतर फल रही थी, यहां तक कि वह थक गया और अपने को अर्ध-मृतक महसूस करने लगा। शारीरिक थकन उसपर छा गई थी।

अपने-आपको मृतक-सा महसूस करते हुए उसने करवट बदली कि शायद योंही नींद आ जाए। लेकिन निरर्थकता की भावना उसके शरीर के साथ नैराश्य के रूप में बंधी हुई थी, जिसका कारण निरुत्साह और भावी मृत्यु का अस्पष्ट बोध था। उसने आह भरी और होंठों पर ज़बान फेर नैराश्य और शिथिलता को दूर भगाने का प्रयत्न किया।

दूर से बंदूकें छूटने की आवाज़ सुनाई दी। काफी घनी आवाज़ थी जो चंद मिनट सुनाई देती रही।

उसने सोचा कि उन्होंने मुकदमे की सुनवाई शायद इसीलिए जल्द खत्म कर दी कि घमासान जंग छिड़ी थी और उन्हें इसके लिए चौकन्ना रहना था। क्या भारतीय सेना आ गई है और यह आवाज़ उसीकी बंदूकों की थी? इस विचार से उसे खुशी हुई और वह सोचने लगा कि अगर बारामूला के इस अस्तबल की इस अंधेरी कोठरी में उसे भी मदद आ पहुंचे तो यह एक बहुत बड़ा चमत्कार होगा। उसे ढूंढ़ता हुआ यहां कोई नहीं आएगा। पर संभव है कि उसके माता-पिता भारतीय फौज को सारी घटना से सूचित कर दें और वे आ जाएं। उसकी बहन उसे ढूंढ़ने पर ज़ोर देगी। उनके आ पहुंचने और मुक्त हो जाने की संभावना से उसने एक मधुर कोमल सिहरन अनुभव की।

बंदूकें चलनी बन्द हो गईं। जो आशंकाएं उसके मन में पहले उठ रही थीं वे इतनी घनी और भयानक हो गईं कि आशा की चिंगारी बुझ गई।

अब करवटें बदलने और अंधेरे में गहरा पैठ जाने के अतिरिक्त कोई चारा नहीं था, शायद इसी तरह नींद आ जाए।...

मकबूल को अर्धनिद्रा में कोठरी की काली दीवारें भी बोलती जान पड़ीं, इससे डरावने सपने की भयंकरता और बढ़ गई। उसे सपना आया

कि वह अपना कटा सिर बायें हाथ की हथेली पर रखे हुए है, और उसके दायें हाथ में तलवार है और उसकी मां और बहन की परिचित आकृतियां गैलरी की भीड़ में खड़ी रो रही हैं। ...पीछा कर रहे हमलावरों के भय के मारे थककर चूर होते हुए भी वह अपनी तलवार बराबर घुमाए जा रहा है। उसके सामने अब एक कुआं आ पड़ता है, जिसमें से एक स्त्री का सफेद मरमरी पुतला निकलता है। गोलियों के अनेक छेद उसके पेट में और एक मनमोहक गर्दन में है। एकाएक पुतला एक झंकार के साथ धरती पर आ गिरता है, जैसे सैकड़ों घंटियां एकसाथ बज उठी हों। और कब्रिस्तान से बहुत-सी आकृतियां उठ-उठकर उसके गिर्द मंडराने लगती हैं। बिना पुतलियों की आंखें उसकी आंखों में झांक रही हैं। वह इन घूरती आंखों से बचने के लिए शरीर की समस्त शक्ति के साथ भाग उठता है। और एक ही सेकंड में वह एक मस्जिद के कब्रिस्तान के कई अहातों को पार कर लेता है, जिनमें बहुत-सी कब्रों पर टूटे हुए क्रास गड़े हैं। अभी वह इस बात पर हैरान ही हो रहा है कि एक मस्जिद की कब्रों पर क्रास कहां से आए, तो उसे लगा कि मस्जिद की महराब में खड़े कुछ हमलावर 'अल्लाहो-अकबर' चिल्ला रहे हैं और उसे हथियार डालने को ललकार रहे हैं। उनमें खुरशीद अनवर का चेहरा है जो पंजाबी में चिल्ला रहा है। जबकि अहमदशाह भीड़ के पीछे से आता है और उसे उठाकर घनी सफेद दाढ़ीवाले एक खुदा जैसे दीखनेवाले दानव के आगे आकाश की तरफ मुंह करके लटका देता है। इस स्थिति में उसे तमाम अभिलाषाएं और निश्चय शरीर से फिसल-फिसलकर गिरते जान पड़ते हैं ; जैसे वह पहले ही मर चुका हो—कब्र में दफना दिया जानेवाला पीला शव-मात्र हो। लेकिन इससे पहले कि उसे सर्वशक्तिमान न्यायाधीश ईश्वर के पास उच्च लोक में भेज दिया जाए अथवा कब्र में दफना दिया जाए, उसने अपने-आपको शून्य में लटकता हुआ महसूस किया।...

पसीने में सराबोर होकर अंधेरे में उसने आंखें खोलीं तो उसे तोपों और मशीनगनों की भारी गरज सुनाई दी।

उसका निश्चय था कि बारामूला में ही लड़ाई हो रही है। वह गोला-बारूद के इन धमाकों के बन्द होने का इंतज़ार करने लगा। कुछ देर के लिए शांति हुई ; पर फिर तोपों की पहले से भी अधिक गड़गड़ाहट शुरू हो गई।

उसने अपने स्वप्न के कुछ अंश याद करने की कोशिश की; लेकिन उसे सिर्फ सर्वशक्तिमान न्यायाधीश की घनी दाढ़ीवाली प्रतिमा ही दिखाई पड़ी।

उसने लम्बी सांस ली। अपनी आंखों में प्रकाश के चमकते हुए कणों में से उसे स्वप्न के कुछ और अंश दिखाई दिए। शरीर में भय की सिहरन दौड़ गई...

वह अपने स्वप्न के धुंधले वातावरण में लिपटा हुआ सा पांच मिनट तक लेटा रहा। तब उसने सुना कि दरवाज़ा खुल गया है।

वह घबराया हुआ सा उठ बैठा।

ज़मान खां और दो संतरी उसकी ओर लपके।

उसने महसूस किया कि स्वप्न का अवरुद्ध प्रतिवाद हलक तक उठ आया, पर मुंह से आवाज़ नहीं निकली।

सिपाहियों ने उसे उठाया और खींचकर ले चले।

उसने भयंकर कौतूहल से उनकी ओर देखा जैसे यह बताने की विनय कर रहा हो कि वे उसे क्यों ले जा रहे हैं। लेकिन वह उनके चेहरे स्पष्ट नहीं देख सकता था; इसलिए भय से सहमा हुआ सामने देखता रहा...

लम्बा ज़मान खां मक़बूल के आगे-आगे चल रहा था और दोनों संतरी उसके पीछे थे।

उसकी भावनाएं अब बड़ी ही विचित्र और अस्पष्ट थीं। एक ओर यह आशा थी कि शायद उसकी रिहाई का हुक्म आया है और दूसरी ओर गोली मार दिए जाने का भय था। इसके अलावा तीसरी कोई बात हो ही

नहीं सकती थी, क्योंकि वे आधी रात को उसे कोठरी से निकालकर लाए थे। उसका दिल इच्छा के विरुद्ध ज़ोर-ज़ोर से धड़क रहा था...

उसने ज़मान खां को ज़ोर से कहते सुना, "हुज़ूर, वह आ गया!"

और मकबूल ने अहमदशाह को अहाते में खड़े देखा। वह घबराया हुआ और परेशान था।

इस खयाल से कि यह आदमी हाथ धोकर उसके पीछे पड़ा है, मकबूल को तैश आया और वह उसे उसकी नीचता के लिए लताड़ना चाहता था। लेकिन उसका क्रोध वमवारी के शोर में डूब गया और अहमद पहले से अधिक घबरा गया।

"ज़मान खां, जल्दी करो!" अहमदशाह चिल्लाया।

"गद्दार!" उसने मकबूल को सम्बोधित किया, "अपनी आंखें अल्लाह की तरफ ऊपर उठाओ! तुम्हारा अंजाम (अंत) आ पहुंचा!" और फिर ज़मान खां की ओर पलटकर कहा, "मैं एक, दो, तीन गिनूंगा। तीन कहते ही संतरी गोली चलाएं।"

ज़मान खां ने अपने आदमियों को हुक्म सुनाया। फिर वह हाथ कूल्हों पर रखकर बिलकुल सीधा खड़ा हो गया और अहमदशाह की ओर देखने लगा।

मकबूल ने आह दबाई, जो 'मां' के निराशाजनित चीत्कार में बदल गई और उसके सूखे गले में अटक गई। वह अहमदशाह के विक्षिप्त गोल चेहरे की ओर देखने लगा। उसे यह आश्चर्य हो रहा था कि वह इस ठिगने व्यक्ति की नीचता और घृणा को क्यों समझ नहीं पाया। उसने आंखें बन्द करके अपने मन में बहन का चित्र बनाने का प्रयत्न किया, पर उसकी आकृति बन नहीं पाई।

अहमदशाह ने वह भयंकर 'एक, दो, तीन' कहा।

ज़मान खां ने हुक्म दोहराया।

'तीन' के शब्द पर दो गोलियां छूटीं।

मकबूल की आंखों के सामने सिर्फ एक धब्बा-सा उठा, फिर रोशनी की चमचमाहट और अंधेरे की तरंगें और उसका शरीर ढेर हो गया और उसमें से खून के फव्वारे फूट निकले।

एक क्षण के लिए अहमदशाह की आंखें झपकीं। फिर उसने अपने पांव दृढ़ता से धरती पर गाड़ लिए और ज़मान खां को हुक्म दिया :

"इसकी लाश उठाकर इसके पीछेवाले बांस पर बांध दो। और उसके अपने खून से उसके कुर्ते पर 'काफिर' लिख दो। बारामूला की तमाम आबादी को पता चल जाएगा कि गद्दारी की सज़ा मौत है।"

लाल पपोटों के नीचे उसके नेत्रों को चमक द्रवित हो गई। ज़मान खां उसके हुक्म से सम्मोहित हो गया और उसकी आज्ञा का पालन करने लगा।

ज्योंही अहमदशाह का फूला हुआ शरीर हिला, उसकी संकुचित आत्मा बारामूला में तोपों का प्रकाश देखकर कांप उठी। वह कुरान की कोई आयत पढ़ना चाहता था; पर शब्द उसके मुंह से निकल नहीं पाते थे। वह घबराहट में चिल्लाया जैसे अपनी कातर आत्मा को विश्वास से भरना चाहता हो:

"अल्लाहो-अकबर !"

दूसरे दिन जब भारतीय सैनिकों ने बारामूला में प्रवेश किया तो देखा कि लगभग आधा कस्बा नष्ट हो चुका है। वे गलियों और मकानों में झांकते हुए मुगलसराय में पहुंचे। वहां उन्हें मकबूल शेरवानी का शव बांस पर लटका हुआ मिला। उसके कुर्ते के दामन पर 'काफिर' शब्द लिखा हुआ था। जब किसी सम्भावित डायरी के लिए उसकी जेबें टटोलीं तो उन्हें कागज़ों की एक गड्डी मिली। वह निस्संदेह वही पत्र था जो उसने मुकदमे की सुनवाई से पहले लिखा था।

पत्र इस प्रकार था:

"प्यारी बहन नूर,

अब हम नहीं मिल पाएंगे। उन्होंने मुझे यहां वीरान सराय के अस्तबल में लाकर अंधेरी कोठरी में बन्द कर दिया है। चाहे अभी तक फैसला नहीं सुनाया गया, लेकिन उनके इरादे उनके चेहरों से साफ़ ज़ाहिर थे—'तुम गद्दार हो, तुम्हें गोली मार दी जाएगी।' शुरू में उन्होंने ये शब्द नहीं कहे, इसलिए मैं अपने अंजाम से वाकिफ नहीं हूं। लेकिन उनके चेहरे इन्सानी नहीं थे। उनकी आंखें अन्दर को धंसी हुई थीं। उन्होंने मेरे साथ जो धक्का-पेल की उससे मुझे उनका फैसला भी साफ मालूम हो गया। मैं भी चुप रहा और कोई सवाल नहीं पूछा। इन पाकिस्तानी कातिलों से, जिन्होंने हमारे वतन पर हमला किया है, क्या सवाल पूछा जा सकता ! वे कश्मीर की आज़ादी के लिए लड़नेवाले हर शख्स को गद्दार समझते हैं। हैरत की बात है कि मेरा पुराना साथी, अहमदशाह वकील, जिसने दोस्ती और वतन दोनों से गद्दारी की है, उनका चहेता बना हुआ है। हमें अपने मुस्लिम भाइयों को हिन्दुओं के भारत से अलग रखने के लिए उन्होंने जिहाद छेड़ा है। हमपर ज़बरदस्ती आज़ादी ठूंसना महज़ हिमाकत नज़र आती है। लेकिन इंसानी ज़िन्दगी में अक्सर हिमाकत की जीत और शराफत की शिकस्त होती है।

"नूर ! मुझे मालूम है कि तुम हमेशा मुझे एक हीरो समझती रही हो। तुम्हारी बड़ी-बड़ी आंखों में हमेशा एक चमक होती थी, जो यह बात कहती थी। लेकिन आज मैं इस खत के ज़रिये तुम्हें बता देना चाहता हूं, ताकि तुम आगे हरएक आदमी को बता सको कि मैं एक शायर बनने की तमन्ना करने के अलावा और कुछ नहीं था। मेरे तमाम सपने अधूरे रह गए, क्योंकि अब मैं मौत के मुंह में हूं। लेकिन हमारे इस वतन में लोगों ने शानदार कारनामे किए हैं। इसलिए नहीं कि उनकी हिम्मतें बहुत बुलन्द थीं, बल्कि इसलिए कि वे ज़ालिमों को अपना हाकिम मानने को तैयार

नहीं थे और उन्होंने अपनी ज़मीर (आत्मा) की आवाज़ को सुना। ज़मीर चाहे कितनी ही धुंधली हो, बड़ी ताकत है; और शायरी का असल मम्बा (स्रोत) है। ज़मीर की आवाज़ और रहम के जज़्बे में एक ही कदम का फासला है; और रहम शायरी है। आज हमारे प्यारे कश्मीर में जो शख्स अपनी ज़मीर की आवाज़ नहीं सुनता, और जज़्बात (भावों) का खामोश नगमा (मूक गीत) नहीं सुनता, जो हमारी विरासत है, वह इंसान कहलाने का हकदार नहीं। और हर वह शख्स जो सुनता है बिलाशुबह जद्दो-जहद की राह अपनाता है...

"दो दिन पहले जब मैं श्रीनगर में था और इस दुविधा में था कि राजधानी में रहूं या बारामूला जाकर लोगों को जद्दो-जहद के लिए तैयार करूं तो मैंने किसी लीडर से मशविरा नहीं लिया, बल्कि अपने करीब बैठे एक नौजवान पंजाबी से पूछा। उसने जवाब दिया—कोई दूसरा तुम्हें सलाह नहीं दे सकता। इन हालात में अहम (महत्त्वपूर्ण) बात यह है कि हरएक आदमी अपने ज़मीर से मशविरा करे। पाकिस्तानी कश्मीर में आ घुसे हैं। ज़्यादातर ऐसे हैं जिन्हें लूट का लालच दिया गया है, लेकिन कुछ ऐसे भी हैं जो वाकई यह चाहते हैं कि कश्मीर को फतह करके अपनी पाक रियासत का हिस्सा बना लें। उन्हें भी मौत का सामना है। वे बहादुरी से लड़ रहे हैं। लेकिन यह बहादुरी नहीं है। यह महज़ लुटेरे का घमंड है। अगर तुम बारामूला जाने का फैसला करो, तो यह बहादुरी का कारनामा होगा क्योंकि तुम वतन की हिफाज़त के लिए मौत का सामना करोगी, जबकि वे दूसरों का मुल्क हथियाने आए हैं। मुझे मालूम है कि तुम्हारा फैसला क्या होगा...

"मैं यह खत तुम्हें लिख रहा हूं क्योंकि मैं अम्मीं जान और अब्बा को अपने लौट आने की वजह नहीं समझा सकता। तुम चूंकि नौजवान हो और तुम जब मुझे देखती थीं तो तुम्हारी आखों में उम्मीद की चमक होती थी, इसलिए मैं जानता हूं कि तुम मेरे फैसले की अहमीयत (महत्त्व)

को समझ सकती हो। किसी न किसी दिन तुम यह बात अम्मीं और अब्बा को भी समझा सकोगी। बेहतर है कि वे यह बात समझ लें, क्योंकि तब वे मेरे लौटने को ज़िद्द या बेवकूफी करार नहीं देंगे। इसके अलावा मैं यह भी नहीं चाहता कि वे बेकार यह सोचते रहें कि अगर मैं न आता तब क्या होता! अजीब सही; लेकिन मेरी ज़िन्दगी का फलसफा यह है कि लोगों से मुहब्बत करो। और मैं वही बात मानता हूं जो उनकी मुहब्बत मुझे कहती है...

"अब मुझे इस बात का ज़रूर कुछ अफसोस है कि मैंने अम्मीं की नसीहत मानने से हमेशा इन्कार किया और शादी नहीं की। बच्चे पैदा न करना बेवकूफी है। ज़िन्दगी जारी रहनी चाहिए। उसे मौत पर गालिब आना चाहिए। शादी का मकसद ज़िन्दगी को जारी रखने और मौत पर गालिब आने में मदद करना है—खास तौर पर कश्मीर में, जहां हम मुसीबतों में पिस-पिसकर मर रहे हैं। अगर हमारे घर में मेरे शायरी के अरमानों और जज़्बात का वारिस (उत्तराधिकारी) परवरिश पा रहा होता तो मैं ज़्यादा इत्मीनान (सन्तोष) से मौत का सामना करता। ज़िन्दगी जारी रहती है तो मौत—अचानक होनेवाली मौत भी उतनी ही माकूल (उचित) है जितनी पैदायश या खुद ज़िन्दगी...

"सिर्फ तुम्हीं वह शख्स हो, जिसे मैं ये अलफाज़ (शब्द) लिख सकता था। क्योंकि तुम एक औरत हो, और जो कुछ मैं कह रहा हूं इसका मतलब जल्द समझ जाओगी।

"और जब तुम्हारी शादी हो जाए और तुम्हारे बच्चा हो, तब भी तुम्हें यह बात याद रहे—और तुम उसका नाम 'मकबूल' रखना। मेरा खयाल है कि तुम्हारा शौहर तुम्हें इस बात की इजाज़त दे देगा, क्योंकि तुम किसी समझदार आदमी से शादी करोगी। बच्चा बड़ा होकर हमारे खूबसूरत बतन की खिदमत करेगा और उसके ज़रिये हिन्दुस्तान में नई

ज़िन्दगी तामीर (निर्मित) होगी।

"यहां रोशनी इतनी कम रह गई है कि मैं और नहीं लिख सकता।"

पुनश्च : "मैंने जो कुछ पहले लिखा था उसमें चन्द अलफाज़ का इज़ाफा (बढ़ोतरी) कर रहा हूं। वे मुकदमे की सुनवाई के लिए मुझे बाहर ले गए। अहमदशाह ने मेरे लिए मौत का मुतालिबा (मांग) किया, क्योंकि मैं मुस्तनिद (प्रमाणित) गद्दार हूं। पाकिस्तानी अफसर ने हेडक्वार्टर्ज़ को इस सज़ा की तस्दीक के लिए लिखा है। मैं समझता हूं कि चौसर का पांसा मेरे खिलाफ पड़ चुका है। मैं खुश हूं कि उन्होंने मुझे मौत से आगाह (सूचित) कर दिया। अब कोई शक नहीं रह गया। इस यकीन के मुकाबले में शक ज़्यादा खौफनाक होता। मौत का यकीन हो जाने के बाद मैं ज़िन्दगी में एतमाद (विश्वास) ताज़ा कर सकता हूं। जब तक मेरे जिस्म में खून का एक भी कतरा बाकी है, मैं ज़िंदगी से प्यार करूंगा। क्योंकि तुम जवान हो और इस प्यार को समझ सकोगी...मैं तुम्हारी पेशानी पर और तुम्हारी बड़ी-बड़ी कजरारी आंखों पर मुहब्बत का बोसा (चुम्बन) सब्त (अंकित) करता हूं।"

OOO